MÄRCHEN, MYTHEN & MUSIK

DONAU

Die2 Verlag

György Buda, André Heller, Christine Nöstlinger u.a.
Märchen, Mythen & Musik – Donau

Die2 Verein für Theater- und Konzertaufführungen
und Verbreitung europäischer Kultur
Schrankgasse 12/3, A-1070 Wien
www.die2-online.com

ISBN:
978-3-9503455-0-6 deutsch
978-3-9503455-1-3 rumänisch/deutsch
978-3-9503455-2-0 slowakisch/deutsch

Autoren: György Buda, Daria Biezunski-Vitásek,
Heli Deinboek, Mercedes Echerer, André Heller,
Christine Nöstlinger, Goran Novaković,
Gerald Szyszkowitz, Ramona Tarka und Petra Torky

Illustrationen: Susanne Schmögner

MÄRCHEN, MYTHEN & MUSIK

DONAU

— DIE2 —

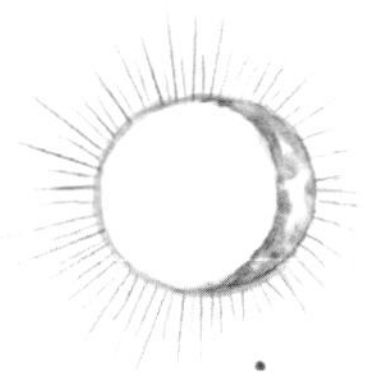

„*Immer wenn die Sonne mit ihren Strahlen den Mann im Mond am linken Ohr kitzelt, und das geschieht sehr selten, und der Große Bär im Kleinen Wagen auf der Milchstraße spazieren fährt, und das geschieht noch seltener, immer dann versammeln sich während einer mondhellen Sommernacht die Berggeister und Wassernixen, Baumwipfelelfen und Erdkobolde, Pane und Feen auf einer prachtvollen Lichtung in einem geheimnisvollen Wald rund um den Feuergott – das ist die Zeit der Wandler.*

Wir Wandler sind keine Zauberer, wir sind einfach phantastische Wesen, die sich allzeit in jede nur erdenkliche Gestalt verwandeln können, sei es ein flüsternder Windhauch, ein singendes Schilfrohr, ein sprechender Stein, ein tanzender Regentropfen, ein weinender Drache, eine mutige Maus oder gar ein Mensch und – Wandler sind atemberaubende Geschichtenerzähler.

Sobald ein Wandler zu erzählen beginnt, wird es mucksmäuschenstill um den Feuergott – Menschen nennen das Lagerfeuer – nur das Knistern und Knacken der Holzscheite ist zu hören. Wie sie schildern, dichten und fabulieren können, ach, keines dieser Sommernachtsfeuerfeste werde ich je vergessen.

Wie unhöflich von mir, ich habe mich noch gar nicht vorgestellt: Erfewalu mein Name. Ich bin der jüngste der Wandler und 7.912 Verwandlungen alt, aber so genau weiß ich das nicht.

Mit meinen Ahnen wandelte ich schon unzählige Male auf mannigfaltigen Reisen kreuz und quer durch die Welt und entdeckte manch wunderliches Geheimnis und – phantastische Geschichten.

Als beim letzten Sommernachtsfeuerfest die Reihe an mir war – zum ersten Mal sollte ich, Erfewalu, der Geschichtenerzähler sein – begann ich also zu berichten von meinen Wandlereien entlang der Donau – von Nixen und Fischern, von Armen und Reichen, von mutigen Dienern und ängstlichen Fürsten, von verwunschenen Prinzen und pfiffigen Bauern, klugen Frauen und rasenden Hexen, von sprechenden Tieren und treuen Begleitern, von gierigen Teufeln und hilfreichen Geistern... Und alle Geschichten sind wahr, ich habe sie selber erlebt, fast alle.“

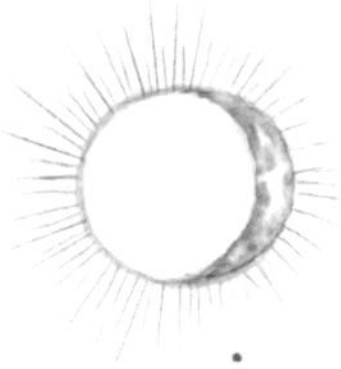

”Manchmal muss man zuerst ans Ende gelangen, um überhaupt anfangen zu können. So ging es mir auch mit der Donau. Deshalb suchte ich genau an jener Stelle, wo die Donau ins Schwarze Meer mündet, meinen alten Freund Suro auf. Suro, ein sprechender Stein und fast so alt wie die Erde selbst, weiß auf alle meine Fragen die richtige Antwort, und ich wollte wissen, woher die Donau ihren Namen hat. Suro murmelte Unverständliches in seinen steinernen Bart. Das tut er immer, wenn er nachdenkt, aber schlussendlich gab er mir sein Wissen preis.

Mit dieser Legende über die Donau bin ich bei ihrem Ursprung, und dann führen meine Geschichten vom Schwarzwald durch die Schwäbische Alb und den Bayerischen Wald bis zum Jochenstein.

Menschen sind uns phantastischen Wesen gar nicht so unähnlich. Auch sie feiern bunte Feste wie wir und gehen allerlei Bräuchen nach. Auf der Schwäbischen Alb stieß ich auf einen besonders lustigen, das „Christbaum loben“.

An Weihnachten besucht man Verwandte und Freunde, geht in die gute Stube, wo der aufgeputzte Christbaum steht, und lobt ihn: „Ja, so ein schöner Baum aber auch! So ebenmäßig gewachsen! Seine Zweige, was sind die wundervoll geformt und regelmäßig angeordnet!“ Kurz und gut: Der Baum wird übertrieben gelobt.

Das geht so lange, bis der Gastgeber den Erwachsenen einen Schnaps, den Kindern Süßes anbietet, und dann prostet man gemeinsam auf den Baum an und zieht weiter zum Nächsten und zum Übernächsten, und so geht das bis spät in die Nacht. Alle sind heiter, manche haben einen Schwips, und jeder freut sich über den netten Besuch.

So, aber jetzt fange ich an!“

RAMONA TARKA

Sonne und Mond

Vor langer, langer Zeit war der Himmel ein seliger Ort: Sonne und Mond lebten dort von jeher zusammen in ihren schönsten Kleidern aus lauter Silber und Gold, und alle Sterne leisteten ihnen Gesellschaft, wie auf einer endlosen Feier. Es gab damals so viel Licht am Himmel, dass es unten auf Erden kein Leid und kein Elend gab, denn die Ungerechten fanden keinen einzigen Winkel, um sich dort zu verstecken. Die Sonne wachte fürsorglich über alles und jeden, und wenn sie etwas entdeckte, das nicht gut war, nahm sie einen goldenen Pfeil, spannte ihren goldenen Bogen und bestrafte den Schuldigen auf der Stelle.

Eins müsst ihr aber noch wissen: Die Sonne war damals eine junge, bezaubernde Frau, und es ist leicht zu verstehen, dass sich der Mond unsterblich in sie verliebte. Und weil er überzeugt war, dass die Sonne die Richtige für ihn war, beschloss er, sie zur Gemahlin zu nehmen. Nur, dass die Sonne nichts davon wusste. So kam es, dass der Mond in seinem silbernen Gewand ihr süße Worte über Liebe und Glück zuflüsterte, während die Sonne einfach nur lächelte und an ihm vorbeiblickte zu einem weit entfernten Sternenbild.

Es war in der Ferne aber nichts zu sehen, nichts als ein junger Stern namens Donau.

Und wie es manchmal so kommt, verliebte sich der Stern in die Sonne, und zwar so sehr, dass er lieber gestorben wäre, als sie nie wiedersehen zu dürfen. Es dauerte auch nicht lange, bis die beiden beschlossen, ihre Hochzeit bekanntzumachen.

Als der Mond davon hörte, erlosch sein Licht und seine Strahlen verschwanden. Gekränkt und mit gebrochenem Herzen rief er drei böse Geister zu sich und fragte diese um Rat. Sie sannen auf Rache, sagten Beschwörungen, und der Mond machte sich auf den Weg zur Hochzeit. Auf der lieblichen Wiese angekommen, näherte er sich dem nichts ahnenden, glücklichen Bräutigam und sprach ein paar Zauberworte aus. Daraufhin öffnete sich der Himmel, und der Stern fiel in die Tiefe. Nur ein flüchtiger Lichtstreif verriet, dass er inmitten eines dunklen, unbetretenen Waldes namens Schwarzwald gefallen war. In dem Augenblick, als Donau die Erde berührte, verwandelte sich der Stern in einen kalten See mit sauberem Wasser. Der Unheil bringende Mond beeilte sich, die Waldbäume eng um den See zu versammeln, damit die Sonne niemals einen Blick auf ihn werfen konnte. Der ehemalige Stern hingegen bat eine Fee, die ihr Gesicht gerade im Wasserspiegel betrachtete, ihm zu helfen, seine geliebte Sonne noch einmal zu sehen.

Die Fee hatte Verständnis dafür, vielleicht hatte noch kein Wasser ihr Antlitz so schön widergespiegelt, oder vielleicht war sie selber verliebt, jedenfalls ließ sie dem See einen Strom entspringen, der seinen Weg nach Osten bahnte, in der Hoffnung, die Sonne wiederzufinden. Auch schickte die Fee mehrere Flüsse, die eine einzige Aufgabe hatten: der Donau zu helfen, ein großer und starker Strom zu werden.

Daraufhin nahm der Mond einen Stein aus seiner Krone und warf ihn hinunter, um den Fluss auf seinem Wege zu hindern. Der Stein wurde zu einem Berg, doch der Fluss Donau konnte sich einen Weg durch den Berg bahnen. Als er schließlich im Meer mündete, umarmte der Fluss glücklich die Wogen. Jeder Tropfen seiner Wassergestalt widerspiegelte nun die Sonne in einem seligen Glanz.

Obwohl der Mond später, von Gewissensbissen geplagt, der Sonne ewige Liebe versprach, schwor diese zornig, nie wieder ein Wort an ihn zu verlieren. So kommt es, dass heutzutage die Sonne ihr goldenes Kriegsgespann lenkt und sich auf der Erde nur erblicken lässt, wenn der Mond sich bereits abgewandt hat. Er wird sie nie wiedersehen.

Für immer und ewig spiegelt sich die Sonne in jedem einzelnen Wassertropfen der Donau wider, und für immer und ewig steht sie einsam oben am Himmel.

RAMONA TARKA

Die Erziehung der Quellkinder

Es waren einmal zwei Nixen, Brigach und Breg, beide gleich schön mit ihren langen, hellblauen Haaren und mit dem tiefen, wässrigen Blick. Auch hatten beide vom alten Berggeist denselben Auftrag erhalten: die quirligen Quellkinder auf ihrem Weg aus den kleinen Quellflüssen in das Tal zu begleiten, sie zu erziehen und dann in große Flüsse zu entlassen. Und weil der Weg lang war und weil es jedem Erwachsenen, egal ob Mensch oder Nixe, ab und zu langweilig wird, von Kindern und lauter Kindern umzingelt zu sein, beschlossen die zwei Quellnixen, gemeinsam zu reisen. Sie trafen sich wie abgemacht, umarmten sich herzlich und stellten einander jedes Quellkind mit Vornamen vor, was sie unter diesen Umständen erstaunlich schnell schafften. Dann überlegten sie sich noch einen Familiennamen für alle zusammen, und nach einigem Grübeln entschieden sie sich aus den Anfangsbuchstaben der jüngsten Quellnixen Dera, Os, Na, Ati und Ux für den wohlklingenden Namen „Donau".

Guten Mutes zogen sie weiter. Die Sonne schien herrlich, die Luft war rein und die Quellkinder waren fröhlich, aber leider auch die ersten Probleme nicht weit: Es ist nämlich so, dass die Quellkinder, wie alle jungen Geschöpfe, irrsinnig gern Neues ausprobieren, sich gegenseitig herausfordern und, aus der Sicht von Erwachsenen, allzu viel Schabernack trieben. Folglich stürzten sich, als sie einen größeren Stein sichteten, gleich mehrere Unternehmungslustige darauf und purzelten plätschernd auf der andere Seite wieder hinunter. Kaum war die lustige Tat vollbracht, pflanzte sich die strengere Brigach vor ihnen auf und funkelte sie ärgerlich an. Es sei gefährlich, so halsbrecherisch schnell auf unergründete Steine zu klettern, sagte sie, das habe sie ihnen schon oft genug eingeschärft und wenn es noch einmal vorkomme, dann werde sie die Schuldigen kurzerhand zurück in die Berge schicken. Breg, die, wie sich jetzt herausstellte, ganz andere Vorstellungen von der Erziehung der Quellkinder hatte, fuhr mit honigsüßer Stimme dazwischen: „Lass sie doch, es sind Kinder, sie müssen sich austoben!"

Kaum waren diese Worte gefallen, wurde es mucksmäuschenstill auf dem Fluss. Die Quellkinder duckten sich und machten sicherheitshalber einen Bogen um die zwei eben noch befreundeten Quellnixen, die sich jetzt kampflustig gegenüberstanden. „Meinst du, sie dürften auch über die Ufer hinaus, wenn es ihnen danach ist?", fragte Brigach betont sachlich. „Natürlich", erwiderte Breg schlagfertig, „wie sollten sie sonst die Welt kennenlernen?" „Und wenn ein Sturm kommt, dann dürfen sie deiner Meinung nach ungehemmt schäumen und sich wild aufbäumen?", bohrte Brigach nach. „Das ist das Schönste im Leben eines Quellkindes!", sagte Breg unbeirrt. „Wenn das so ist, dann können sich unsere Wege schon jetzt trennen", sprach Brigach und machte ihren Kindern ein Zeichen, ihr zu folgen. „Die mir anvertrauten Zöglinge werden vieles lernen, darunter eben auch, sich zu benehmen.“ Damit wirbelte Brigach herum und ehe ihre verblüffte Weggefährtin noch etwas erwidern konnte, war die strenge Quellnixe mit ihrem Gefolge in einer unterirdischen Höhle verschwunden.

Sie kamen dann auf der anderen Seite wieder heraus und bildeten einen großen Teich: den Aachtopf im Hegau. Und weil ihre Zöglinge auch noch etwas anderes lernen sollten, formte sie die Nixe erneut zu einem Fluss, den sie Aach nannte, mündete mit ihnen in den Bodensee, und gemeinsam flossen sie schließlich in den großen Rhein, um die genossene Bildung schön abzurunden. Dass auch ihre Zöglinge bald erwachsen wurden und taten – Erziehung hin, Erziehung her –, wonach ihnen der Geist stand, musste auch die Brigach bald erkennen.

Die gütige Nixe näherte sich währenddessen immer schön langsam dem Schwarzen Meer, kannte friedliche Stunden inmitten ihrer Sprösslinge und sah auch so manchem Streich zu. Sie tobten, brausten, schäumten und traten immer wieder über die Ufer hinaus, mehr als es der guten Breg lieb war. Wenn die heranwachsenden Quellkinder zu Wildes im Schilde führten, ermahnte die Breg sie, manchmal allerdings erfolglos.Und bis heute kann niemand genau sagen, wer von den beiden Quellnixen Recht gehabt hat.

PETRA TORKY

Der Zauberstein im Blautopf

Jeden Tag durchstreiften die beiden Söhne des Grafen Helfenstein von Blaubeuern auf ihren Pferden die Gegend, egal ob es stürmte oder die Sonne schien.
Als die „wilden Reiter von Blaubeuern", so nannte man die Brüder, eines sonnigen Tages nach der Jagd aus den Wäldern kamen, um am Blautopf Rast zu machen, erblickte einer der beiden inmitten der strahlend blauen Quelle einen wunderschönen, bunt schimmernden Stein. Gebannt von dessen Anblick stieg er vom Ross und zog den Stein aus dem Wasser.

Im selben Moment rief der andere Bruder: „Wo bist du? Hast du dich versteckt?" Er dachte an die alten Ammenmärchen vom Blautopf, lachte und rief: „Oder hat dich eine Wassernixe verschreckt?"

„Was soll denn sein? Ich stehe neben dir und deinem Pferd!", erklang die überraschte Stimme seines Bruders. Erschrocken sprach der andere: „Du willst mich zum Narren halten! Was hast du gemacht, dass ich dich hören, aber nicht sehen kann?"

Der unsichtbare Bruder legte den Stein in die Hand des anderen und siehe da, dieser war, mitsamt seinem edlen Ross, verschwunden. Begeistert rief der Finder des Steines: „Jetzt kann man auch dich und dein Pferd nicht mehr sehen!" Der Bruder stieg ab, und sogleich wurde das Pferd wieder sichtbar. Sie scherzten, lachten und hatten ihren Spaß am geheimnisvollen Versteckspiel. Was aber sollten sie nun mit diesem Zauberstein machen? Der Jüngere wollte ihn seiner Mutter schenken, der Ältere dachte an vielerlei Streiche. Je mehr Möglichkeiten sie sich ausmalten, desto klarer wurde ihnen, was für eine Gefahr die Macht des Zaubersteines mit sich brachte, wenn er in die falschen Hände gelangte. Beiden war ein wenig unheimlich zumute.

Die Wassernixen, so erzählte die Amme, als die Brüder noch ganz klein waren, lebten in prachtvollen Grotten tief unten im Fluss und besuchten immer wieder die Menschen: „Vielleicht hat eine der Wassernixen den Stein bei einem ihrer Ausflüge verloren?" meinte der jüngere Bruder. Der Ältere schmunzelte, aber vielleicht hatte sein kleiner Bruder ja Recht... Nach langem Grübeln beschlossen sie, den wunderschön schimmernden Stein wieder zurück ins Reich der Wassernixen gleiten zu lassen.

Einige Jahre später, als in der Gegend ein mächtiges Unwetter tobte und die Fluten des Flusses alles zu verschlingen drohten, warfen die Brüder ihre zwei wertvollsten, prächtig mit Edelsteinen verzierten Goldbecher in den Blautopf und baten die Wassernixen, die Wälder, die Stadt und die Menschen zu verschonen. Tatsächlich beruhigte sich das Wasser und alle waren gerettet. Sicher war das der Dank der Wassernixen für ihren Zauberstein.

Bis heute versuchen einige, die in die Tiefe gesunkenen Schätze aus dem Wasser zu heben, aber die Wassernixen wissen ganz genau, wie man die Geheimnisse des Stroms vor der Gier der Menschen schützt.

GYÖRGY BUDA

Frau Isa von Jochenstein

Ich will euch eine Geschichte erzählen, die sich in meiner Jugend zugetragen hat, so, wie es wahr ist.

Ich war damals in eurem Alter, und wir lebten hier, so wie unsere Eltern und Ahnen, schon seit vielen, vielen Jahren am Ufer der Donau unter der Herrschaft der Viechtensteiner Herren. Auch wir legten unsere Netze aus, fingen Fische und verkauften sie, und wir machten unsere Boote mit Teer und Pech dicht, damit sie uns noch lange dienten. Wir lebten ja vom Strom und waren ihm nicht nur im Leben, sondern auch im Tode verbunden, fanden doch etliche von uns ihr Grab in den Strudeln und Wirbeln des Flusses.

Damit wir aber nicht bei bösen Unwettern auf dem Wasser umkamen, beschützte uns eine Nixe, die Frau Isa, wie wir das von den Märchen unserer Eltern und Ahnen abends am Feuer hörten. Frau Isa saß auf dem Jochenstein und pflegte bei Gefahr auf der Donau einen Gesang anzustimmen, und wer den hörte, tat gut daran, schnellstens Festland anzusteuern. Freilich glaubten wir den Alten nicht, doch irgendwie war es schon ein gutes Gefühl, jemanden über uns wachen zu wissen. Wir Buben sprachen gern über sie, wenn wir zusammen saßen, und träumten von ihr, wenn wir abends allein in unseren Betten lagen.

Da zog aus einem anderen Dorf flussaufwärts eine Familie zu uns, ebenfalls Fischersleute, die Verwandte bei uns hatten. Zu ihnen gehörten drei Töchter, von denen unsere Burschen kaum ihre Augen wenden konnten. Nun sprachen wir über sie, und ich träumte von Marie, der mittleren der Geschwister, denn mir war, als würde sie meine Träumerei gern hinnehmen. Ich war auch öfter bei ihnen zu Gast und half ihnen bei Netzen, Fang und Booten, so dass es meinem Vater schon auffiel und er mich fragte, ob ich zu Hause keine Arbeit fände. „Doch, Vater, Arbeit schon, aber keine Marie“, sagte ich ihm und er lachte ein herzliches Lachen. „Sohn, für die Maries dieser Welt bist du noch zu jung, also bleib bei Netzen, Fang und Booten und mach dir das Herz nicht schwer.“

Ich arbeitete von nun an zu Hause mit so gut ich konnte, doch ging ich auch zu Marie, sobald ich konnte. Ihr Großvater erzählte Geschichten, die bei Jung und Alt beliebt waren, und er wusste auch über Frau Isa zu berichten, über ihren wunderschönen Kristallpalast an der tiefsten Stelle der Donau, dessen Fenster in der Nacht hell erleuchtet waren, wie man es ja auch zuweilen durch das Wasser glänzen sah. Dazu glänzten die Augen der Marie im Halbdunkel um die Feuerstelle, und unsere Hände fanden sich zwischen den Fellen und Decken, auf denen wir alle saßen.

Eines Tages nahm mich Vater mit, um Weidenzweige für die Korbflechter zu holen. Die geeigneten Bäume standen ziemlich weit stromaufwärts, und bis wir unser Boot vollgeladen hatten und die Rückfahrt antraten, war ein Unwetter aufgezogen.

Vater hatte alle Hände voll zu tun, um das Boot bei Wind und Wellen sicher zu führen, und ich machte mich ganz flach auf der Ladung, um nicht ins Wasser zu fallen. Da vernahm ich beim Jochenstein, Frau Isas Felsen, einen immer lauter werdenden Ton, den zu beschreiben mir seitdem unmöglich erscheint: Es war wie das Brausen der Orgel im Stift Engelszell – doch auf Hunderten menschlicher Kehlen als Orgelpfeifen gespielt. Dieser Gesang zog mich magisch an, doch Vater brachte unser Boot schnell an Land. Er sagte, Frau Isa habe seine Hand und unser Boot geleitet. Er fuhr dann eine Woche lang nicht mehr aus.

Ich aber musste Frau Isas Lied noch einmal hören und schlug alle Warnungen in den Wind, die Maries Großvater aussprach. Frau Isa würde einmal warnen, ein anderes Mal aber sich holen, was sie wolle. Auch Marie beließ ihre Hand bei sich, vergeblich suchte meine zwischen den Fellen und Decken nach der ihren. Da fuhr ich eines Vollmondnachts mit unserem kleineren Boot über das ruhige Wasser bis zu der Stelle, wo ich den seltsamen Ton gehört hatte, bis an den Jochenstein, wo ich das Boot festmachte und mich beim Licht des Mondes umsah.

Diesmal ertönte die lockende Melodie leise, lieblich und auf eine andere Art eindringlich als zuvor, zwingend und unwiderstehlich. Ich erblickte oben auf dem Felsen eine sitzende Gestalt vor der silbernen Mondscheibe, ihre Handbewegung befahl mir, zu ihr hinaufzusteigen. Wie gern folgte ich diesem Befehl! Ihr Gesang hallte in mir nach, und ich vergaß alles um mich herum und wollte, nein musste zu ihr. Der Mondschein enthüllte mir ihre schillernde Erscheinung, sie schien aus sich heraus zu leuchten und war von überirdischer Schönheit. Bekleidet war sie nur mit ihrem langen, leicht gewellten blonden Haar, das von Körnchen von Donaugold schimmerte. Und dieses wundersame und doch greifbar nahe Wesen wollte mich bei sich haben?

In ihrer Melodie erkannte ich nun Worte, ich verstand, was sie mir schon seit einer Weile sagte: „Komm, komm" – und mit einem Mal wurde der Felsen durchsichtig, ihr Kristallpalast tat sich vor mir auf. „Komm, komm", hörte ich sie wie in mir sprechen, alles glitzerte und glänzte, ihre Augen aber überstrahlten allen Glanz rundherum. „Komm, komm, und herrsche mit mir in meinem Schloss, bleib bei mir und alles, was mein ist, soll dein sein, komm!"

Wie ich wieder in mein Boot und nach Hause kam, weiß ich nicht mehr, ich weiß nur, dass mich aus der kristallenen Tiefe eine tödliche Kälte anwehte, und dass der Glanz in ihren Augen mir das Glänzen in Maries Augen in Erinnerung rief. Ich rettete mich zu Netzen, Fang und Booten, fort aus der kristallenen Kälte zur Feuerstelle mit Fellen und Decken.

In dieser Nacht verstand ich die unausgesprochenen Worte ihres brausenden Gesanges, sie sangen von tiefer Trauer und endlosem Schmerz.

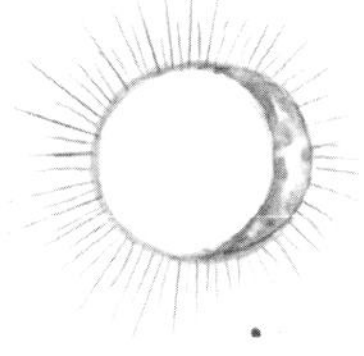

” Zwischen dem Jochenstein und Passau befindet sich genau in der Flussmitte die Staatsgrenze, was der Donau und mir ziemlich egal ist. Nach dem Besuch bei Frau Isa kam ich also direkt nach Österreich in den Sauwald.

Es heißt, der Name Sauwald kommt von den vielen Wildschweinen, die früher hier wühlten und ihre Galoppsprünge machten. Wildschweine können bis zu zwei Meter weit springen, wahrscheinlich weil sie einem tief fliegenden köstlichen Erdäpfelknödel nachjagen.

Wenn ich in dieser Gegend bin, muss ich die Perle des Strudengaus besuchen,die Stadt Grein, und gehe dort in das älteste Theater von ganz Österreich.

Nur mit kundigen Lotsen kann man den wilden Strudengau passieren, um nach Niederösterreich zu gelangen. Auch Kaiser Franz Joseph und seine zukünftige Frau Sisi mussten mit ihrem Dampfschiff am Weg zur Hochzeit in Struden notlanden und sind lieber ein Stück mit dem Wagen weitergefahren, als sich den unberechenbaren Wirbeln auszusetzen.

In der Wachau dagegen ist es viel lieblicher. Die prachtvolle Marillenbaumblüte im Frühjahr, dann die leckere Marillenmarmelade sowie die Weintrauben als junger Wein im Herbst, dazu ein Wachauer Laberl ...köstlich! Und noch ein Blick auf das Stift und die Ruine Dürnstein, dort wurde König Löwenherz gefangen gehalten, bis ihn sein Diener Blondel befreite. Der blau-weiße Turm des Stifts, das Wahrzeichen der Wachau, erinnert mich an eine riesige Marzipantorte ...

Apropos Torte. In Wien gibt es eine unglaubliche Vielfalt an Torten, und jede Torte hat ihre Geschichte. Schwarzwälder Kirschtorte, Linzertorte, Sachertorte, Észterházytorte, Dobostorte, Donauwelle. Die muss ich Suro mitbringen!

Überhaupt trifft man in Wien an jeder Ecke auf G´schichten, die witzigsten am Würstelstand und im Kaffeehaus. Erst letztens hörte ich einen im Kaffeehaus sagen: „Du Ferdl, hast du gewusst, dass nach der zweiten Türkenbelagerung von Wien zwei Säcke mit seltsamen, unbekannten Bohnen gefunden wurden? Man hielt es zuerst für Kamelfutter, dabei war es Kaffee!“ Ob das wahr ist, muss ich Suro fragen... “

MERCEDES ECHERER

Der Springerwirt zu Eferding

Ich wandle immer wieder gern durchs Hausruckviertel und kehre ein beim Wirt nahe der Stadt Eferding, der hat das beste Bier in der ganzen Gegend.

Einmal saß ich da beim Wirt, trank mit den Bauern einen Krug Bier, und herein kam einer mit einem bunten Rock und einer lustigen Mütze auf dem Kopf, sagt, er wäre ein Wanderer, sehr hungrig, und setzte sich zu uns an den Tisch. Der Wirt murrte: „Was wird der schon bestellen, der hat doch Löcher im Sack, aber kein Geld!"

Der mit dem buntscheckigen Rock sang fröhlich:
„Heißa juhu, die Straße ist mein,
ich zieh' sie entlang mit Witz und Gesang.
Die Welt steck' in die Tasche ich rein,
so wie heut' sollt' immer es sein!"

Er stellte sich vor: Er hieße Lukas Herminus Firit, stammte aus Deutschland und wäre ein gelehrter Wanderer: „Ich komme viel herum in der Welt, ich aß Mămăliga in Rumänien, Katschamak in Bulgarien und Puliszka in Ungarn!" Ich natürlich kenne diese Speisen – alle drei sind Polenta wie sie eben in den unterschiedlichen Regionen zubereitet und benannt werden, mal so, mal so. Neugierig fragte ich den Bunten nach seinem Beruf: „Ich bin ein Magister der freien Künste!", antwortete der Bunte. Die Bauern murmelten und beäugten den Fremden misstrauisch.

Herr Firit mit dem kecken Hut blickte die Bauern freundlich an und erzählte von seinen unglaublichen Kunststücken, die er schon an so manchen Fürstenhäusern vorstellen durfte. Schließlich meinte der Wirt: „Zeige der Herr doch seine Künste, was kann er denn?"

Herr Firit war gerne bereit, seine Kunststücke vorzuführen und schlug dem Wirt vor: „Wetten wir um das beste Essen, das Eure Küche zu bieten hat und die teuerste Flasche Wein!" Und durch einen Handschlag zwischen den beiden wurde die Wette bekräftigt.

Jetzt wurden die Bauern doch neugierig und reckten die Hälse. Alle wollten sehen, was der Fremde konnte, ich natürlich auch.

„Ich wette mit Euch, dass ich höher springen kann als der Tisch!"

Da wunderten sich alle, denn der Herr mit dem buntscheckigen Rock und der kecken Mütze auf dem Kopf war klein und zierlich. „Niemals!", rief einer der Bauern, und ein anderer: „Die Wette gilt, wir wollen es sehen, los' spring, bunter Kerl!" Und auch die anderen riefen durcheinander „Hopp, Herr Firit, hopp!"

Und Herr Firit holte tief Luft, ging leicht in die Knie und setzte zum Sprung an, aber er sprang nur eine Handbreit hoch, und sagte freundlich lächelnd: „So, gewonnen."

Der Wirt wurde ganz zornig und brüllte „Du willst mich betrügen – du willst ein gelehrter Mann sein – pack dich, raus aus meiner Wirtsstube!"

Herr Firit aber, ganz bescheiden, meinte: „Nun, Herr Wirt, jetzt wollen wir sehen, wie hoch euer Tisch springen kann. Wenn er höher springt als ich, dann habe ich verloren, wenn nicht, dann habe ich gewonnen und bekomme mein Essen und den teuersten Wein." Er deutete allen an, ganz still zu sein, und gebannt starrten sie auf den Tisch. Plötzlich, in diese Stille hinein, fing einer schallend an zu lachen, und ein anderer rief: „Herr Firit hat die Wette gewonnen!" Nun mussten alle lachen, und auch der Wirt konnte sich nicht mehr halten und prustete: „Ja, mein Herr, ihr habt gewonnen." Und er holte das beste Essen aus der Küche und den teuersten Wein aus dem Keller und allen spendierte der Wirt einen Krug Bier – er hatte ja das beste Bier in der Gegend! Während und nach dem Essen berichtete Herr Firit von seinen aufregenden Reisen, von abenteuerlichen Erlebnissen und erzählte lustige Schnurren und alle hielten sich den Bauch vor Lachen. Mit den Worten: „Herr Firit hat den Kopf voller Narrheiten und auf den Lippen immer einen Witz", verabschiedete ich mich und ging hinaus in die dunkle Nacht. Noch lange war diese Geschichte in aller Munde und zur Erinnerung nannte man das Gasthaus von nun an „Zum Springerwirt".

MERCEDES ECHERER

Der verliebte Schuster von Grein

Vor vielen, vielen Jahren lebte in Grein ein junger Schuster. Er war beliebt bei Jung und Alt und berühmt für seine wunderschönen Schuhe.

Zur selben Zeit, in derselben Stadt lebte auch Maria, die Tochter des Ratsherren. Es verwundert kaum, dass alle Burschen sie zur Frau begehrten, denn sie war von elfenhafter Anmut und ihr Lächeln traf wie ein Sonnenstrahl das Herz eines jeden. Auch des Schusters Verliebtheit blieb ihr nicht verborgen, aber ihn lächelte sie nie an. Was er auch versuchte, um ihre Zuneigung zu erlangen, blieb ohne Erfolg, einzig Hochmut und Spott las er in ihren Augen. Dennoch war sein Herz so entflammt, dass er, verzweifelt wie er nun war, beschloss, zur „Alten Frau" zu gehen. Die Alte kannte sich aus mit allerlei Kräutern, und man munkelte, sie sei gar eine Hexe. Vielleicht, so hoffte er, könne ihm ein Zaubertränklein helfen.

In einer mondfinsteren Nacht schlich er zu der kleinen Hütte am Donauufer.

„Wofür brauchst du einen Zaubertrank?", zischelte die Alte und legte dabei den Kopf schief.

„Es soll ein Liebestrank sein", erklärte der Schuster ein wenig verschämt.

„Brauchst also die Hilfe der Zauberei und Magie", feixte sie.

„Lacht nicht! Ich weiß mir keinen anderen Rat."

„Zum nächsten Vollmond ist dein Liebestrank gebraut, du aber mach' mir ein Paar feste Winterstiefel und besorge auch ein Stück feines rotes Leder."

In zehn Tagen war Vollmond. Der Schuster brachte ihr die Stiefel und machte alles so, wie ihm die Alte geheißen: Den Liebestrank verwahrte er im geheimen Schrank seiner Schusterstube und das feine rote Leder breitete er gut sichtbar aus. Als dann die Ratstochter vorbeispazierte und das rote Leder sah, rief sie entzückt: „Schuster, mach' mir daraus das schönste Paar Schuhe für meine Hochzeit, denn bald erwähle ich unter den vornehmsten und reichsten Söhnen der Stadt meinen Bräutigam!" Den Stolz in ihren Augen konnte ein Blinder sehen, dennoch maß der Schuster ihre zierlichen Füße und reichte ihr einen Krug mit Brunnenwasser, den Liebestrank hatte er zuvor heimlich dazugemischt. Es war Spätsommer und ungewöhnlich heiß, und Maria leerte das Glas in einem Zug. Augenblicklich sank sie taumelnd in seine Arme, rang nach Luft und stammelte: „Das Wasser, was war das für ein Wasser?" Rasch packte er das plötzlich erkrankte Mädchen und trug es eilig zum Arzt. Der verliebte Schuster war über die Wirkung des Zaubertränkleins so sehr erschrocken, dass er dem Arzt alles gestand.

Auf die Alte und den jungen Mann wartete der Kerker, aber die Alte war spurlos verschwunden. Der junge Mann sollte sterben, so der Urteilsspruch des Richters.

Als Maria vom Todesurteil erfuhr, eilte sie voll der Reue über ihren Hochmut zum Richter und bat um Gnade für den Verurteilten. Der Richter, ein weiser und erfahrener

Mann, grübelte und verkündete schließlich: „Wir wollen das Urteil Gott, dem Allmächtigen, überlassen. Wenn der Schuster es fertigbringt, an einem einzigen Tag auf dem hohen Felsen über der Donau vor unserer Stadt ein Paar Schuhe zu machen, soll er frei sein." Dem Schuster aber flüsterte er ins Ohr: „Deine Liebe zu Maria hat dich zum Zaubertränklein greifen lassen – nun zeig' uns und aller Welt, dass deine Liebe stärker ist als Hexerei!"

Schon am nächsten Tag in aller Herrgottsfrühe brachte ein kleines Fischerboot den Verurteilten zum steil aufragenden Felsen. Ganz Grein stand am Donauufer. Es war vollkommen still, man hätte ein Blatt vom Baum fallen hören können. Alle starrten wie gebannt auf den Schuster, der langsam aber trittsicher den Felsen hinaufkletterte, während unterhalb die wilden Wirbel der Donau wogten und tosten. Auf seinem Rücken trug er den Dreifuß, Werkzeug und das rote Leder. Oben angekommen, begann er sofort mit der Arbeit, schnitt das Leder zu, nähte, nagelte und hämmerte ohne Pause. Für Maria wollte er das schönste Paar rote Stiefel anfertigen. Bei Sonnenuntergang holte ihn das Fischerboot wieder ab, und alle, auch Maria, warteten immer noch gespannt am Donauufer. Der Schuster aber, voll des Glücks, hielt die roten Schuhe in die Höhe. Der Richter lächelte still und verkündete: „Du bist frei!" Darauf jubelte die ganze Stadt, und Maria taumelte abermals in die Arme des Schusters, aber diesmal blieben ihre Wangen rosig und sie gestand ihm ihre Liebe.

Zur Hochzeit der beiden kamen viele Gäste aus dem ganzen Strudengau, und alle bestaunten die schönen Schuhe der Braut.

Bald darauf benannte man den Felsen „Schusterstein" und so heißt er heute noch.

DARIA BIEZUNSKI-VITÁSEK

Der Fährmann Liebhart und die Nixe vom Strudengau

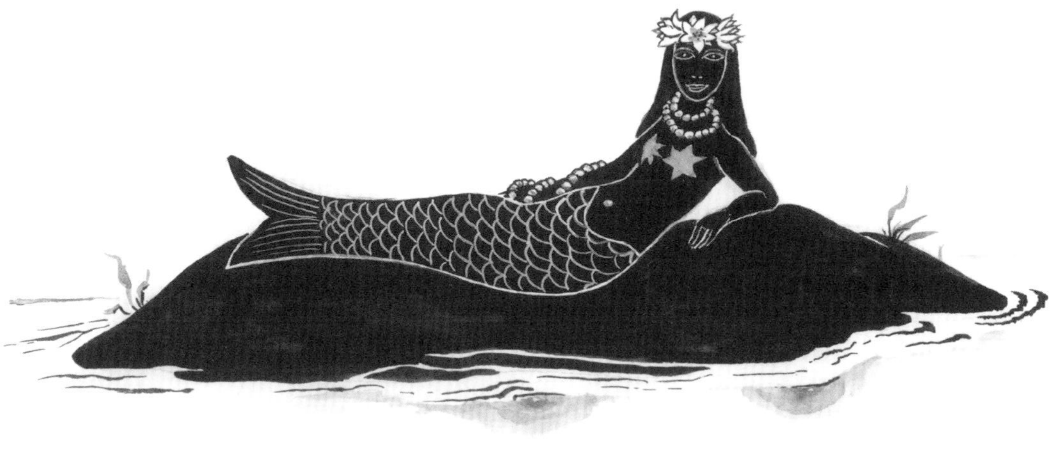

Seit jeher galt der Strudengau als eine der gefährlichsten Stellen der Donau. Dort wird der Fluss von wilden Strudeln und unberechenbaren Untiefen beherrscht. Man sagte, die Wasserwesen hätten dort unten ihren Rummelplatz, und je lustiger sie es trieben, je mehr Spaß sie hatten, desto wilder und lebensgefährlicher wurde das Wasser für die Menschen.

Vor einigen hundert Jahren lebte in der Nähe der Insel Wörth der junger Fährmann Liebhart mit seiner alten, kranken Mutter in einer kleine Fischerhütte. Liebhart war fleißig und gewandt, und wenn das Wetter Kapriolen schlug, wusste Liebhart den gefährlichen Strömungen geschickt auszuweichen.

Wenn andere Fährleute die Donau mieden, aus Faulheit oder Angst, auf Liebhart konnte sich jeder immer verlassen.

An einem lauen Sommerabend saßen vier angeheiterte junge Burschen in Liebharts Zille und wollten die Donau überqueren, als sie auf einer Sandbank liegend eine Nixe erspähten.

Kaum hatten die Burschen sie erblickt, als sie in johlendes Gelächter ausbrachen.

„Schaut, ein nacktes Weib!“, rief der eine.

„Und nass! Ist dir nicht kalt, du süßes Weib?“, rief der zweite.

„Wir kommen und retten dich!“, johlte der dritte.

Und weil die Burschen nicht aufhörten ihre derben Späße zu treiben, wurde Liebhart sehr zornig. „Hört sofort auf!“, befahl er. „Dem Nächsten, der noch ein freches Wort sagt, ziehe ich eins über den Schädel, dass er die Engel singen hört!“

Die Burschen hielten Maulaffen feil, denn so ungehalten kannte keiner im Dorf den Fährmann. Die Nixe aber schaute den Fährmann dankbar an und glitt lautlos ins Wasser.

Es vergingen Tage und Wochen, und Liebhart ging wie gewohnt seiner Arbeit nach. Manchmal hielt er inne, hob den Kopf und versuchte in den Fluten ein vertrautes Gesicht zu erkennen, was ihm niemals gelang.

Dann, in einer dunklen Nacht, als die Wolken den Mond verdeckten und der Sturm brauste, klopfte es an die Tür der kleinen Fährmannshütte. Draußen stand eine vornehme Dame mit drei Kindern, die den jungen Mann händeringend bat, sie und die Kinder ans andere Ufer der Donau zu bringen. Zu dieser Zeit herrschte, wie schon oft zuvor und leider auch oft danach, ein grausamer Krieg. Die Türken waren von Osten über das Land hereingefallen, und wie immer im Krieg war niemand seines Lebens sicher. Die Feinde waren überraschend ins Land gekommen, hatten ihren Gemahl getötet und waren nun hinter der Dame und ihren drei Kindern her.

Der Fährmann wusste, wie gefährlich der Fluss bei solchem Unwetter war, doch er zögerte keinen Augenblick. Er ließ die Frau und die Kinder in sein Boot steigen und stieß vom Ufer ab. Ein wütender Sturm peitschte die Donauwellen hoch, und ein gewaltiger

Wind stieß den Kahn aus seiner Richtung und trieb ihn einem gefährlichen Strudel zu. Verzweifelt versuchte der Fährmann gegenzusteuern, doch es gelang ihm nicht. Da vernahm er mitten im Heulen des Windes eine Stimme: „Hierher! Hierher!"

Nun riss er mit letzter Kraft das Steuer herum, folgte der Stimme und gelangte glücklich ans andere Ufer. Dort führte er die Frau und die Kinder in eine Schifferhütte, damit sie geschützt den nächsten Tag abwarten konnten. Er aber kehrte um und bestieg wieder seinen Kahn. Auch wenn es draußen tobte und wütete, er wollte seine kranke Mutter nicht allein lassen. Doch der Sturm brauste nun noch gewaltiger als zuvor. Die Donau schäumte und glich einem Hexenkessel. Obwohl Liebhart als der beste seiner Zunft galt, war auch er dem tosenden Treiben des Flusses nicht gewachsen. Ein heftiger Strudel brachte das Boot in seinen Sog, und die sturmgepeitschten Wogen schleuderten es hin und her wie eine Nussschale. Liebhart verlor die Herrschaft über sein Schiff, das immer rascher dem gefährlich rauschenden Strudel entgegentrieb. „Jetzt ist meine letzte Stunde gekommen", dachte der Bursche. Erschöpft vom Kampf gegen Wogen und Wellen sank er kraftlos auf den Boden seiner Fähre. In diesem Moment erschien die Nixe, die er einst vor Spott und Hohn bewahrt hatte, am Bug seines Bootes und lenkte es sicher über alle Wellen, Strudel und Untiefen an sein Heimatufer.

Noch bevor Liebhart ein Wort des Dankes sagen konnte, verschwand die edle Nixe mit einem zauberhaften Lächeln in den brausenden Wellen der Donau. Nur ein seltsamer Glanz auf dem Wasser verriet die Stelle, an der sie in die Fluten hinabgeglitten war.

Liebharts Mutter hatte für ihren Sohn gebetet und wartete voller Sorge auf seine Rückkehr.

Als der Sturm die Tür aufriss, erblickte sie ihren Sohn und rief: „Gott sei es gedankt, du bist gesund heimgekommen!" Liebhart, noch voller Dank im Herzen, sprach: „Ach, Mutter, ohne Hilfe hätte ich es diesmal nicht geschafft." Die Mutter nahm Liebhart in ihre Arme und flüsterte: „Ich weiß, mein Sohn." Was die Rettung ihres Sohnes betraf, hatte die Mutter ihre Gedanken und Liebhart die seinen.

Am nächsten Morgen bat er die Mutter, einen Kranz aus den schönsten Blumen ihres Gartens zu flechten. Sie legte lächelnd ein kleines Kreuz dazu, und Liebhart fuhr mit seinem Boot in die Flussmitte und ließ den Kranz ins Wasser gleiten. In diesem Augenblick erstrahlte die Donau in ihrem schönsten Blau, und ein helles Lachen erklang aus der Tiefe. Da wusste Liebhart, dass die Nixe sich über sein Geschenk freute.

Sie selbst tauchte aber nie wieder auf.

DARIA BIEZUNSKI-VITÁSEK

Rosalinde und der Donaufürst

Bei Freyenstein lebte am Ufer der Donau ein Fischer mit seiner Tochter Rosalinde. Sie war ein wunderschönes und frommes Mädchen, und der Fischer liebte seine Tochter über alles. Von früh morgens bis spät abends war der Vater auf der Donau fischen oder flickte die Netze, den ganzen langen Tag gab es viel zu tun, und Rosalinde blieb oft alleine. Sie sammelte Pilze und Kräuter im Wald und bereitete ihrem müden Vater ein köstliches Mahl. Noch viel lieber pflückte sie Blumen, flocht wunderschöne Kränze und hockte sich an ein stilles Plätzchen am Ufer der Donau. Ihre Blumenkronen waren üppig und prächtig, denn sie war sehr geschickt mit ihren Händen. Sobald ein Kunstwerk fertig war, setzte sie es auf den Kopf und betrachtete ihr Spiegelbild im klaren Wasser der Donau. Sie vergaß allerdings nie, ihre Kette mit dem Kreuzanhänger, ihren Talisman, am Hals zu tragen. Nur auf diese Weise war sie vor den Donaugeistern geschützt.

Eines schönen warmen Sommertages saß Rosalinde nach getaner Hausarbeit in einer abgeschiedenen Bucht im Schatten einer alten Weide und flocht an einem besonders großen und besonders bunten Blumenkranz. Als sie ihr Spiegelbild im Wasser erblickte, geriet sie ein wenig in Verzückung ob des wunderschönen Kopfschmucks. Doch plötzlich bemerkte sie, dass ihre Kette fehlte, und erschrak unermesslich. Einen Augenblick später schon teilten sich die Wellen der Donau und ein riesiger Kopf, geschmückt mit einer Krone aus Muscheln und Edelsteinen, tauchte auf. Rosalinde schrie vor Angst und fiel sogleich in Ohnmacht. Dem Wasserfürsten gefiel das schöne Mädchen und er zog sie sofort zu sich in die Tiefe. Einzig ihr Blumenkranz schaukelte auf dem Wasser, als ein befreundeter Fischer zufällig vorbeikam. Vergeblich suchte er nach dem verschwundenen Mädchen, und so eilte er zu Rosalindes Haus, dem Vater die grauenvolle Nachricht zu überbringen. Wie groß war dessen Trauer! Tagelang schloss er sich in seiner Fischerhütte ein und ward nicht gesehen. Doch alles Trauern, Jammern und Klagen half nicht. Der einzige Trost für den alten Fischer war die Kette mit dem Kreuz, die er in der abgeschiedenen Bucht gefunden hatte.

Es verging die Zeit und der Herbst ließ die Winde brausen und die Donauwellen toben. In jener Vollmondnacht, in der sich die Algen rot färbten und die Fische durch silberne Reifen sprangen, ging der Fischer zu seinem Nachen, ruderte zur Flussmitte und wartete. Er wusste: In solchen Nächten erscheint der Donaufürst, um die Wünsche der Menschen zu erfüllen. Das kleine Boot trieb ruhig im Wasser, der Fischer dachte voller Sehnsucht an seine liebste Tochter, und plötzlich tauchte aus der Tiefe der mächtige Kopf des Donaufürsten auf: „Du suchst den Donaufürsten, nun sprich', alter Mann, was ist dein Begehren?" Doch der Fischer schwieg. „Hast du Kummer? Plagen dich Sorgen? Nenne sie mir, ich werde dir helfen." Wieder bekam er keine Antwort. So etwas hatte der Donaufürst noch nie erlebt, voll Groll wendete er sich ab.

Da schwang der Fischer sein Ruder und schlug es mit aller Gewalt auf des Wasserfürsten Haupt. Alle Muscheln und selbst die vier Edelsteine fielen aus der Krone und flogen in alle Richtungen, ja sogar bis ans Ufer. Weil der Fischer den Talisman seiner Tochter an das Ruder gebunden hatte, konnte der Wassergeist ihm nichts anhaben. Seit jener Nacht muss der große Donaufürst am Ufer herumirren und die Edelsteine seiner Krone suchen, denn ohne sie darf er nicht in sein Unterwasserreich zurückkehren.

Die Menschen aber, die in der Donau ertrinken, dürfen seither vier Tage im Palast des Donaufürsten verweilen, wo sie von verführerischen Nixen und ergebenen Wassergeistern bedient und verwöhnt werden. Die wunderschöne Fischertochter Rosalinde wohnt noch heute im Palast des Wasserfürsten und bindet jedem Ertrunkenen einen Kranz aus Wasserlilien und schimmernden Algen. Taucht ein solcher Kranz auf der Wasseroberfläche auf, so wissen die Menschen am Ufer, dass die Donaugeister wieder jemanden zu sich geholt haben.

PETRA TORKY

Der mutige Sägefeiler

Bis vor nicht all zu langer Zeit gab es noch das Handwerk der Sägefeiler. Tüchtige junge Burschen und Männer zogen durch die Länder und boten an, die Sägen der Müller und Bauern zu feilen.

So ein junger Bursche war Felix. Er kannte keine Furcht und liebte sein Leben. Eines Tages kam er nach Dürnstein an der Donau. Über der Stadt prangte eine verfallene, sagenumwobene und sehr gespenstische Burgruine. Sie war einmal eine wirklich schöne Burg gewesen, aber nach langen Kriegen und vielen unheimlichen Geschehnissen traute sich niemand mehr in ihre Nähe. Kein Ritter wollte sie aufbauen, also verfiel sie immer mehr.

Felix durchstreifte die Stadt und versuchte Arbeit zu finden. Da es schon sehr spät am Abend war, hatte allerdings niemand mehr etwas zu tun für ihn. Jedes Bett in den Gaststuben war belegt, und so entschloss sich Felix, in der Ruine zu übernachten.

Die Bürger von Dürnstein erschauderten! Viele waren schon zur Burgruine gegangen, um die Nacht dort zu verbringen, aber keiner kam je wieder.

Aber er war müde, und nichts auf der Welt konnte Felix davon abbringen. Also suchte er sich ein gemütliches Plätzchen zwischen Steinen und Wurzeln und schlief sofort ein. Mitten in der Nacht wachte der junge Bursche vor lauter Hunger auf. In seiner Tasche fand er Nüsse und er begann, sie mit seinen Zähnen aufzuknacken und zu essen. Dieses Knacken hallte in der ganzen Ruine wider, und plötzlich schoss der Teufel aus der Erde.

Da stand er mit seinem grünen Janker, der langen Feder und dem Huf am linken Fuß und forderte begierig eine Nuss, denn der Teufel hatte noch nie eine Nuss gekostet. Da griff der schlaue Sägefeiler nach einem Stein, der neben ihm lag, und reichte ihn dem Teufel. Der Teufel biss hinein und – herrje! Es tat fürchterlich weh. Wieso konnte der Bursche die Nuss knacken, aber er, der Herr der Hölle, nicht? „Sag mir sofort, wie du an den süßen Kern kommst, oder ich reiße dir den Kopf ab!“, rief der Teufel grimmig. Felix lächelte und antwortete:

„Weil ich meine Zähne mit dieser Feile schleife.“ Das wollte der Teufel auch, und so ließ er seinen Kopf freiwillig von Felix in den Schraubstock spannen. Als Felix mit dem Feilen begann, schrie der Teufel vor Schmerzen auf und verlangte, nein, er flehte, sofort von diesem Folterinstrument befreit zu werden. Felix entgegnete schlau: „Ich lasse dich nur frei, wenn du dich nie wieder in dieser Gegend blicken lässt!“ Wütend stimmte der Teufel zu und rannte davon. Der Appetit auf Nüsse war ihm vergangen.

Groß war die Freude der Dürnsteiner, als sie von Felix‘ Heldentat erfuhren, und sie baten den jungen Handwerker, bei ihnen zu bleiben.

Viele Jahre lebte Felix glücklich in Dürnstein, als eines Tages – er schliff gerade die Säge eines Bauern – die Werkstatt ungewöhnlich nach Schwefel roch. Der Teufel kam, um Felix zu holen.

Doch auch dieses Mal hatte Felix keine Angst. Schelmisch hob er seinen Schraubstock, der Teufel aber fluchte und fuhr mit einem Höllengeschrei in den Boden zurück.

Auf der Ruine aber herrscht seither Ruhe, und täglich kommen viele Besucher, um ihre Schönheit zu genießen.

HELI DEINBOEK

Oben und Unten

Ebengleich und Ebenjetzt waren in ihren frühen Tagen alles andere als ein ungleiches Brüderpaar – im Gegenteil! Gemeinsam wohnten sie ebenerdig in einem bescheidenen Anwesen, dessen Estrich ihnen noch ihre seligen Eltern geebnet hatten.

Die Jahre vergingen in Harmonie und Eintracht. Eines Tages jedoch packte den unruhigen Ebenjetzt ein tiefer Zweifel, denn im Gegensatz zu seinem etwas behäbigeren Bruder wollte er neue Pläne immer gleich anpacken, jetzt eben! Und nicht erst dann, wenn schöne neue Vorsätze vielleicht gleich wieder im Sand verliefen.

„Ich mag dich ja, Bruder!", bat er Ebengleich zu einer Aussprache. „Aber immer nur auf gleicher Augenhöhe mit dir, danach steht mir eben jetzt nicht mehr der Sinn! Willst du dich nicht auch ein wenig verändern?"

Man einigte sich auf eine Trennung, und weil Ebenjetzt wie immer der etwas geschicktere Verhandler war, sollte lieber sein Bruder auf die Reise ins Unbekannte gehen.

Behäbig entschlossen packte Ebengleich also seine Siebensachen und machte sich auf den Weg. Er kam ganz schön weit auf seiner Reise, blieb einige Wochen hier, dann da und landete schließlich im schönen Ebenda. Dort lernte er die unwiderstehliche Ebenso kennen und ließ sich kurzerhand von ihr heiraten, denn ihm selbst fehlte eben immer noch die nötige eigene Courage für so einen ernsthaften Schritt.

Viele saftige Ebenen weiter war seinem Bruder inzwischen ganz dasselbe Glück beschieden, denn die attraktive Ebenfalls hatte den leeren Bruderplatz ihrerseits gerne eingenommen.

Wie die unergründliche Gleichung des Schicksals es wollte, trafen sich die vier Eheleute einige Jahre später, um einander glückstrahlend von ihren neuen Leben zu berichten. Und man verbrachte gerne einige Monate gemeinsam, bis dem vergesslichen Ebenjetzt doch wieder sein altes Problem in den Kopf stieg, mit dem er nicht und nicht fertig werden konnte: Nun waren es nämlich gleich drei andere, die ihn mit ihrer gleichen Augenhöhe langweilten, ja ärgerten. Immer musste man denselben Boden teilen. Immer galt es, Hände höchstens nach vorne oder hinten ausstrecken zu können. Und wollte man einmal herabblicken, traf man erst recht wieder auf dieselben öden Schuhpaare auch der Anderen.

Grübelnd schlich er eines Nachts aus dem Haus. Die Nacht war klar und mondhell, auf seinem Weg um den See musste es doch möglich sein, einen Ausweg aus der bedrückenden Misere seines Kopfes zu finden.

Ein eiskalter, scharfer Wind raubte ihm plötzlich die Luft, und das sanfte Mondlicht wich einem tosenden Gewittertreiben, aus dessen rauschender Mitte plötzlich ein unheimlicher Schatten auf ihn zuraste.

„Wer bist du?“, war das Einzige, was seine versagende Stimme noch herauszupressen vermochte.

„Hehehe!“, kicherte der Schatten. „Da ich kein Reh bin, bin ich der Wolf? Da ich nicht leuchte, bin ich der Schatten? Da ich nicht leime, bin ich die Säge?“

Ebenjetzt war selbst als einem welterfahrenen Wandersmann wirklich zum Fürchten! Aber es blieb ihm kaum die Zeit, seine Angst zu bezwingen. Denn der Teufel warf ihm zwei dünne lange Bretter und sechs kürzere vor die Füße, die einander glichen wie ein Ei dem anderen.

„Was ist das?“

„Nun, mein Freund, da du ja wohl mit Hammer und Nagel umzugehen verstehst – finde es heraus! Und ich verspreche dir – dann wird deine Not ihr Ende feiern! Wenn du es nur verstehst, das Werk zu vollenden, das dich schon dein Leben lang mit Sehnsucht erfüllt. Und dann brauchen wir uns auch gar nie mehr zu treffen wie in den anderen Märchen, wo dann immer Tag der Abrechnung mit mir ist und so, mit all dem Na-dann-gebe-ich-dir-deine-Seele-aber-nicht-mehr-zurück-Klimbim, du weißt schon. Für sowas habe ich echt nicht die Zeit. Und wozu auch? Wer gut hämmert, bleibt von selbst belämmert! Hehehehehe!“

Mitten in einem letzten tosenden Blitz schlug das böse Lachen in den Boden ein, und der übel riechende Rauch verzog sich. Die Nacht war wieder klar und das Mondlicht so hell, dass sich Ebenjetzt sofort ans Werk machen konnte. Zwischen den langen fügte er in immer gleichen Abständen geschickt die kurzen Bretter ein, hämmerte sie fest in das Holz und betrachtete nach getaner Arbeit stolz sein Werk.

Ohne noch ihren Namen zu kennen, schulterte er die Leiter und lehnte sie, daheim angekommen, an das Dach des ebenerdigen Elternhauses, dann weckte er aufgeregt seine geliebte Ebenfalls, um ihr auf der Stelle, eben jetzt, seine neue Schöpfung zu zeigen.

Am nächsten Morgen räkelten sich Ebengleich und seine Ebenso schlaftrunken nach draußen in den Garten.

„Hallo, ihr zwei! Guten Morgen!“

Was für ein Schreck! Ratlos durchstreiften die Blicke der beiden die Ebene, ehe sie ungläubig ihrem Gehör folgten. Nie zuvor waren Stimmen aus so einer seltsamen Richtung zu hören gewesen. Hinauf nämlich mussten sie jetzt gereckt werden, die erschrockenen Hälse, und der unfassbare Anblick ließ einem alle Vertrautheiten einfach verblassen!

Denn hoch oben mitten auf dem Dach, auf das ein seltsames, noch nie zuvor gesehenes Holzding führte, saßen Ebenjetzt und Ebenfalls beim Frühstück und schwenkten den beiden Staunenden unten vergnügt ihre Kaffeetassen entgegen.

„He, deine Glatze ist ja noch viel größer als ich dachte!", prustete Ebenjetzt seinem unteren Bruder zu, der sich gleich verlegen über den Kopf fuhr.

„Was tut ihr denn da? Was ist das für ein komisches Ding?"

„Ich weiß es nicht, mein Bruder! Ich weiß nur, dass meine geliebte Gattin und ich gerade beschlossen haben, endlich einen neuen Namen anzunehmen! Wir heißen jetzt Oben, wisst ihr? Das klingt doch viel moderner als die ewige Ebenerei, und ehrlich gesagt haben wir uns wohl schon Besseres verdient, wo wir ihn endlich sehen können, den glitzernden See und die blühenden Felder und überhaupt die ganze weite Welt, die noch vor uns liegt!"

Dies also war er, der denkwürdige Morgen, an dem das Oben erfunden war, und der Teufel sicher sein konnte, dass ab nun immer irgendwo eine Leiter lehnen würde.

Dass sich der verdutzte Ebengleich und seine Gattin da auch einen originellen neuen Namen einfallen lassen mussten, ist ja wohl absolut verständlich.

CHRISTINE NÖSTLINGER

Hansl, trag mich in mein Loch

Es war einmal ein Müller, der lebte mit seinen drei Söhnen – dem Franz, dem Karl und dem Hansl – draußen vor der großen Stadt am Rande eines Dorfes. Der Hansl war der Jüngste, und die Brüder hielten ihn für strohdumm, lachten über ihn und halsten ihm alle Arbeit auf, die sie nicht tun mochten. Und der gutmütige Hansl wehrte sich nicht dagegen. Er mischte sich auch nie ein, wenn die Brüder darüber stritten, wer einmal die Mühle erben werde.

„Mir steht sie zu!“, sagte der Franz immer. „Weil ich der älteste bin!“

„Mir steht sie zu!“, rief der Karl dann. „Weil ich der gescheiteste bin!“

Der Vater seufzte dazu und gab weder dem einen noch dem anderen recht. Doch eines Tages, als die beiden wieder stritten, sagte er: „Ihr drei geht jetzt weg, und der von euch, der heute in einem Jahr den schönsten Schal heimbringt, bekommt die Mühle!“

Dann gab er jedem einen Taler und wünschte ihnen Glück.

Der Franz, der Karl und der Hansl zogen gleich los. Zuerst gingen sie nebeneinander her, der Stadt zu. Nach ein paar hundert Metern teilte sich der Weg. Der Franz zeigte zum rechten Weg und sagte: „Der Karl geht mit mir da weiter!“

Der Karl zeigte zum linken Weg hin und sagte: „Und du gehst da weiter, Hansl!“

„So nehmt mich doch mit!“, bat der Hansl.

Aber die Brüder riefen: „Nein, nein, du geh allein, wir können dich nicht brauchen!“

Und schon waren sie auf und davon. Traurig ging der Hansl mutterseelenallein weiter. Mehr als Wiesen und Bäume sah er zu beiden Seiten des Weges nicht. Da war kein Haus, kein Mensch, keine Kuh, nicht einmal eine Ziege.

Als es Abend wurde, setzte er sich auf einen Stein am Wegesrand und überlegte, wo er einen Platz zum Schlafen finden könnte. Und wie er da so saß, sprang ihm ein Frosch in den Schoß und sagte: „Hansl, trag mich in mein Loch!“

„Wo ist denn dein Loch?“, fragte der Hansl.

„Da, vor deinen Schuhspitzen!“, sagte der Frosch.

Der Hansl schaute sich um und entdeckte vor seinen Füßen ein kleines Loch, gerade so groß wie ein Mauseloch. Er nahm den Frosch und setzte ihn vor das Mauseloch.

„Nein, nein!“, rief der Frosch. „Allein kann ich da nicht durch, du musst mitkommen!“

Der Hansl lachte. „Ich? In das winzige Loch? Da pass’ ich doch nicht rein!“

„Doch, doch“, sagte der Frosch. „Probier’s nur!“

Der Hansl wollte dem Frosch zeigen, dass so ein großer Kopf wie seiner nie im Leben durch ein Mauseloch geht. Also bückte er sich und stupste mit der Stirn auf das Mauseloch. Kaum hatte er es getan, wurde es kohlrabenschwarz vor seinen Augen, es rumpelte und pumpelte, und er flutschte samt dem Frosch in das Mauseloch rein und platschte auf eine wunderschöne Blumenwiese. Über ihm war blitzblauer Himmel, vor ihm ein kleiner Bauernhof.

„Wo ... wo ... bin ich ... denn?“, fragte der Hansl verdattert und verdutzt.

„Bei mir daheim“, sagte der Frosch. „Und ich brauche sowieso einen, der alles erledigt, was ein Frosch nicht schafft.“

„Ich muss aber in die weite Welt“, sagte der Hansl. „Und mir den schönsten Schal verdienen, damit ich die Mühle erbe.“

„Wennst bei mir bleibst“, versprach der Frosch, „kriegst nach einem Jahr als Lohn den allerschönsten Schal der Welt.“

Weil der Hansl ohnehin nicht wusste, wohin er hätte gehen sollen, blieb er beim Frosch. Er mähte die Wiese, molk die Kuh, fütterte das Schwein, kochte das Essen, und teilte mit dem Frosch das Bett.

Doch als das Jahr fast um war, wurde er von Tag zu Tag trauriger, weil er nicht glaubte, dass der Frosch sein Versprechen würde halten können. Im ganzen Haus gab es doch kein Geld, und schon gar keinen schönen Schal. Wo sollte denn der Frosch einen hernehmen?

Als es dann auf den Tag genau ein Jahr her war, dass der Hansl durchs Mauseloch geflutscht war, sagte der Frosch: „Hansl, du kriegst, was ich versprochen habe. Hol den Ausreibfetzen, wickle ihn in Papier, mach eine Schnur drum herum und zieh das Packl den ganzen Heimweg hinter dir her. Wirst schon sehen, was du daheim raus holst!“

Der Hansl holte brav den Ausreibfetzen, wickelte ihn in Papier, band eine Schnur drum, schaute zum Himmel und fragte den Frosch: „Und wie komm ich da jetzt rauf? Ich bin doch von da oben gekommen!“

„Papperlapapp!“, sagte der Frosch. „Oben und unten, unten und oben, so Kleinkram gilt für mich nicht. Marschier einfach der Nase nach, und nicht vergessen: Das Packl immer hinter dir herziehen!“

Weil der Hansl dran gewöhnt war zu tun, was man ihm anschaffte, ging er einfach der Nase nach und zog das Paket hinter sich her. Und als er durch einen kleinen Wald marschiert war, stand er auf dem Weg, den er vor einem Jahr gegangen war. Aber mit jedem Schritt heimwärts wurde er sich sicherer: Nie im Leben wird aus einem Ausreibfetzen ein schöner Schal!

Drum kaufte er, bevor er zur Mühle ging, im Krämerladen vom Dorf und um seinen Taler einen karierten Wollschal.

Der Franz und der Karl waren schon daheim, als der Hansl zur Mühle kam. Der Hansl ließ das Paket draußen vor der Haustür und ging mit dem karierten Wollschal in die Stube rein. Die Brüder lachten ihn aus, als sie den Schal sahen. Die beiden hatten ziemlich prächtige Seidenschals mitgebracht. Der Franz einen roten mit weißen Rosen bedruckt, der Karl einen weißen mit roten Rosen bedruckt.

„Lacht den Hansl nicht aus!“, rief der Vater. „Er kann nix dafür, dass er so ist wie er ist!“

Da sagte der Hansl: „Wartets! Ich hab nämlich noch was!“

Er lief vors Haus, holte sein Paket und riss das verdreckte Papier ’runter. Viel mehr Papier, als er über den Ausreibfetzen gewickelt hatte. Der ganze Stubenboden war schon voll Papier. Endlich war die letzte Lage Papier weg, und mauloffen starrten der Vater, der Franz und der Karl auf den wunderschönsten Schal, den sie je gesehen hatten. Weiße Spitze, spinnwebenzart, bestickt mit Goldfäden und funkelnden Edelsteinen.

Der Vater sagte: „Der Hansl hat den schönsten Schal gebracht, ihm gebührt die Mühle!“

Doch der Franz und der Karl wollten das nicht einsehen und sie redeten so lange auf den Vater ein, bis der seufzend sagte: „Na gut, geht noch einmal für ein Jahr weg, und wer den schönsten Ring heimbringt, dem soll die Mühle gehören!“

Er gab jedem Sohn einen Taler und wünschte ihnen Glück. Und die Brüder machten sich auf den Weg. Zuerst nebeneinander, und als sich der Weg teilte, sagten der Karl und der Franz: „Wir zwei gehen den rechten Weg weiter, du gehst den linken!“

„So nehmt mich doch mit!“, bat der Hansl.

„Nein, nein! Du geh allein!“, riefen die Brüder und waren auch schon auf und davon. Traurig lief der Hansl den Weg entlang bis er zum Stein kam, auf dem er vor einem Jahr gesessen war. Er hockte sich drauf und seufzte vor sich hin. Dass er noch einmal dem Frosch begegnen werde, glaubte er nicht. Doch als die Sonne am Untergehen war, sprang ihm der Frosch in den Schoß und fragte: „War dein Schal denn nicht der schönste?“

„Schon!“, sagte der Hansl. „Aber unser Vater hat uns noch mal weggeschickt. Wer in einem Jahr den schönsten Ring heimbringt, dem soll die Mühle gehören!“

„Na, dann trag mich halt wieder in mein Loch!“, sagte der Frosch.

Und weil der Hansl ohnehin nicht wusste, wohin er sonst hätte gehen sollen, nickte er, hielt den Frosch an die Brust gedrückt, beugte sich zum Mauseloch, flutschte durch und plumpste auf die Blumenwiese ’runter.

Der Hansl blieb beim Frosch, molk die Kuh und fütterte das Schwein, mähte die Wiese, kochte das Essen und teilte mit dem Frosch das Bett. Und als das Jahr fast um war, wurde er von Tag zu Tag trauriger.

Der Frosch sagte zu ihm: „Hansl, verlass dich nur auf mich. Ich habe vor einem Jahr mein Versprechen gehalten, ich halte es auch jetzt!“

Und als das Jahr auf den Tag genau um war, sagte der Frosch: „Hansl, hol das alte Wagenrad, wickle es in Papier und roll es den ganzen Heimweg neben dir her. Wirst schon sehen, was du daheim dann auswickelst!"

Der Hansl tat, was ihm der Frosch aufgetragen hatte, holte das Rad, wickelte es ein, marschierte los und rollte das eingewickelte Rad brav neben sich her. Aber je länger er so vor sich hin marschierte, umso weniger glaubte er dran, dass aus dem alten Wagenrad ein schöner Ring werden könnte. Und so kaufte er um seinen Taler, als er ins Dorf kam, im Krämerladen einen Blechring mit einem roten Glasstein.

Die Brüder waren schon daheim, als der Hansl kam. Der Hansl lehnte das eingewickelte Wagenrad neben die Haustür, ging in die Stube und gab dem Vater den Blechring mit dem Glasstein. Und die Brüder lachten ihn wieder aus. Der Franz hatte einen schmalen Goldring mitgebracht, der Karl einen breiten Silberring.

„Vater!", riefen die beiden. „Jetzt ist klar, dass dem dummen Hansl die Mühle nicht zusteht!"

Da sagte der Hansl: „Wartets, ich hab da nämlich noch was!"

Er lief vors Haus, holte das Wagenrad und riss das Papier 'runter. Viel mehr Papier, als er 'raufgetan hatte. Der ganze Stubenboden war bald mit zerknittertem Papier bedeckt. Und schließlich hielt er ein kleines Packerl in den Händen, und als er auch das noch öffnete, kam der prächtigste Diamantring zum Vorschein, den man je gesehen hatte! Er strahlte und funkelte so stark, dass man hätte meinen können, ein Feuer lodere in ihm.

Und der Vater sagte: „Also, jetzt ist es entschieden! Dem Hansl gebührt die Mühle!"

Doch der Franz und der Karl wollten das nicht einsehen. So lange redeten sie auf den Vater ein, bis der seufzend sagte: „Na gut! Dann geht noch einmal für ein Jahr weg, und wer dann die schönste Braut heimbringt, dem soll die Mühle gehören!"

Er gab jedem Sohn einen Taler und wünschte ihnen Glück. Und die drei machten sich auf den Weg. Als sie zur Stelle kamen, wo sich der Weg teilte, baten diesmal der Franz und der Karl: „Geh, Hansl, nimm uns doch mit!"

Aber der Hansl rief: „Nein, nein, ich geh allein, ich kann euch nicht brauchen!"

Und schon war er auf und davon und lief drauflos, bis zum Stein mit dem Mauseloch davor. Darauf, dass ihn der Frosch holen werde, wartete er nicht. Er bückte sich, flutschte ins Mauseloch rein und plumpste auf die Blumenwiese. Direkt vor dem Frosch landete er.

„Na, du?", fragte der Frosch. „War mein Ring nicht schön genug?"

„Ach, Frosch", sagte der Hansl. „Jetzt soll ich die schönste Braut heimbringen!"

„Ich denke", sagte der Frosch, „das kriegen wir auch noch hin!"

Und so blieb der Hansl wieder ein Jahr beim Frosch, molk die Kuh, fütterte das

Schwein, mähte die Wiese, kochte das Essen und teilte mit dem Frosch das Bett. Und als das Jahr um war, und er sich tags drauf auf den Heimweg machen sollte, sagte er am Abend zum Frosch: „Auch wenn du aus einem Ausreibfetzen einen Schal und aus einem Wagenrad einen Ring machen kannst, wo willst du denn eine Braut für mich hernehmen?"

Der Frosch wiegte den Kopf hin und her und her und hin und meinte: „Jetzt gehen wir schlafen, und morgen sehen wir weiter!"

Der Hansl legte sich ins Bett und schlief ein. Fest und tief schlief er, und als er am Morgen munter wurde, lag er nicht mehr im Bauernbett mit der karierten Tuchent, sondern in einem Himmelbett, unter einer seidenen Decke, und neben ihm lag statt des Frosches eine wunderschöne Prinzessin. Aus der kleinen Schlafkammer im Bauernhof war ein prächtiges Gemach in einem großen Schloss geworden.

Zuerst glaubte der Hansl, dass er träumte! Doch die Prinzessin sagte: „Hansl, ich bin der Frosch. Eine Hexe hat mich verzaubert. Du hast mich erlöst, weil du mir drei Jahre treu gedient hast. Wenn du magst, so will ich gern deine Braut sein!"

Natürlich wollte der Hansl das!

Die Prinzessin klatschte in die Hände, und gleich drauf kamen eine Zofe und ein Kammerdiener und brachten schöne Kleider und halfen beim Anziehen. Vor dem Schloss wartete eine weiße Kutsche, vor die vier weiße Schimmel gespannt waren.

Die Prinzessin und der Hans stiegen in die Kutsche, und die Prinzessin sagte zum Kutscher: „Ins Dorf, zur Mühle, lieber Kutscher!"

Die Brüder waren schon daheim, als die weiße Kutsche vor der Mühle hielt. Der Franz und der Karl hatten ganz hübsche Bräute mitgebracht. Die eine hatte allerdings eine ziemlich große Nase, die andere ein ziemlich fettes Doppelkinn.

Als die Prinzessin mit dem Hansl in die Stube kam, rief der Vater: „Jetzt ist aber Schluss! Dem Hansl gebührt die Mühle! Da beißt keine Maus einen Faden ab!"

Doch die Prinzessin sagte: „Besten Dank, Schwiegervater, die Mühle brauchen wir wirklich nicht, wir haben ein Schloss!"

Und dann stieg sie mit dem Hansl wieder in die Kutsche, und die Kutsche fuhr davon. Und der Franz und der Karl schauten mauloffen hinterher. Und wenn sie nicht gestorben sind, dann streiten sie noch heute drum, wem von ihnen beiden die Mühle gehört.

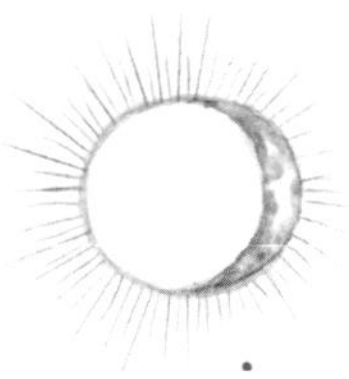

In der Nähe der slowakischen Hauptstadt Bratislava hat die Donau eine kleine Schwester, die „*Kleine Donau. Zwischen den beiden Geschwistern sind über 500 kleine und winzige Inseln verstreut. Die Wassernixen und Wassermänner feiern hier jedes Jahr ein großes Wassertanzfest. Kein Wunder, ist doch die Flussinselgruppe, Große Schüttinsel genannt, die größte in Europa und eine wunderbare Tanzfläche für Nixen und Wasserfürsten. Dieses Wassertanzfest ist auch sehr beliebt bei allen Wandlern, vor allem wegen der berühmten Wassertanzmusik.*

Von all den slowakischen Festen der Menschen gefällt mir der uralte slawische Brauch der Morena-Prozession am besten.

Vor Ostern, am fünften Fastensonntag, basteln Kinder eine große Strohpuppe, die Morena. In alte Frauenkleider gehüllt – Unterkleid, Rock, Bluse, Kittel und Kopftuch – symbolisiert sie den Winter und den Tod.

Die Mädchen bringen singend die Morena auf einem Kreuz aus zwei Stöcken zum Flussufer in der Nähe ihres Dorfes. Dort entkleiden sie die Strohpuppe, zünden sie an und werfen sie in den Fluss. Dadurch soll der Winter endgültig ausgetrieben werden. Das ist ein aufregendes Spektakel! Mit grünen Zweigen, verziert mit bunten Schleifen, kehrt die ganze Prozession wieder ins Dorf zurück. Den Winter sind sie endlich losgeworden, nun kann der Frühling einziehen.

Dann dauert es leider noch zwei unglaublich lange Wochen, bis die Fastenzeit vorbei ist und man endlich die herrlichen Obstknödel und phantastischen Strudel essen darf.

Bei Süßspeisen sind die Slowaken nämlich Weltmeister! “

DARIA BIEZUNSKI-VITÁSEK

Der Wassermann von Devin

Unterhalb der Burg von Devín, nahe der schönen Stadt Bratislava, hauste ein junger Wassermann. Der hatte nur eins im Sinn: das Tanzen. Eine etwas ungewöhnliche Vorliebe bei Wassermännern. Anfangs beobachtete er lediglich bei Sommerfesten am Ufer der Donau die Mädchen und Frauen beim Tanz, und jedes Mal kribbelten seine Füße und es juckte ihn zwischen den Schwimmhäuten. Schließlich wagte er sich aus seinem Wasserreich, schnappte sich ein Mädchen und begann einen wilden Tanz. Die eindrucksvollen Tanzkünste des quirligen Wassermanns begeisterten alle Frauen, junge wie alte. Um mit ihm einen Walzer zu drehen oder eine Polka, vergaß so manch eine ihre Arbeit.

Das blieb den Männern von Devin nicht verborgen. Obwohl der Wassermann den Frauen nichts Böses tat – im Gegenteil, sie waren nach dem Tanz mit ihm fröhlich und beschwingt –, beschlossen die Männer, diesem Treiben ein Ende zu bereiten. Sie wollten dem unerwünschten Tänzer eine Tracht Prügel verpassen! Er sollte ihre Töchter und Frauen nicht zum Tanz verführen!

Man erzählte sich, dass die schöne Jana immer nach dem Kirchgang zum Donauarm spazierte, um mit dem Wassermann das Tanzbein zu schwingen. Eines Tages lauerten die argwöhnischen Männer den beiden auf. Zwei Dutzend Männer warteten auf den richtigen Augenblick, umstellten die Tanzenden und wollten den frechen Kerl mit ihren Fischernetzen fangen. Der aber lief davon und wollte in sein Wasserreich flüchten. Aber je weiter er lief, desto weiter entfernte er sich von seinem Zuhause, der Donau. Seine Verfolger waren hartnäckig, und es wurden ihrer immer mehr! Schließlich sah er keinen Ausweg mehr, schüttelte den Kopf und verwandelte sich flugs in ein Pferd mit grüner Mähne. So galoppierte er der wütenden Meute davon, geriet aber plötzlich in eine Sackgasse, aus der es kein Entrinnen mehr gab.

Der Dorfwirt riet den Männern, die Gasse mit Ketten abzusperren, und so sehr sich das Pferd auch aufbäumte und ausschlug, es konnte nicht mehr entwischen. Der Wassermann war zwar gefangen, aber ein Pferd konnte man doch nicht verprügeln. „Was machen wir jetzt mit ihm?" Keiner wusste einen Rat, und so ließen sie es einfach beim Wirt.

Das Pferd mit der grünen Mähne war bald das Schmuckstück seines Stalls: wunderschön und zudem auch kräftig, so dass es für den Wirt von großem Nutzen wurde. Der Spitzbub war so geschickt, dass er dem edlen Pferd gutes Futter gab und es täglich striegelte und pflegte. Nur ans Wasser ließ er den verwandelten Wassermann nicht.

Die anderen Pferde wurden zum Fluss gebracht und bekamen auch im Stall immer genug zu trinken. Das Pferd mit der grünen Mähne hingegen durfte nie zum Brunnen, nie zum Wassertrog, nie aus einer Pfütze trinken und wenn es einmal regnete, versperrte der Wirt es im Stall. Ganz ausgedörrt und verkümmert wurde das prächtige Ross und sehr, sehr traurig.

Ein Wassermann braucht zum Leben Luft und – Wasser!

Vít, der Knecht des Wirts, hatte schließlich Mitleid und gab dem unglücklichen Pferd einen Bottich mit Wasser. Das Pferd wieherte vor Freude, trank den ganzen Bottich leer, schüttelte den Kopf und flugs stand statt des matten Pferdes mit grüner Mähne der Wassermann von Devín vor dem verdutzten Vít. „Du hast mir das Leben gerettet, ich danke dir! Wie ruft man dich, edler Jüngling?" – „Ich bin kein Edler, ich gehöre zum Gesinde des Wirtes und heiße Vít", stotterte der verwirrte Knecht. Der befreite Wassermann griff in seine Tasche und zog drei Dukaten hervor: „Hier, mein Freund, deine Knechtschaft hat nun ein Ende. Erbaue eine Mühle am linken Ufer des Deviner Donauarms." Und dann verschwand er. Nur einzelne Wassertropfen blieben von ihm zurück, spiegelten sich in der Sonne und bildeten eine winzig kleine Pfütze. Darin hätte eine Baumwipfelelfe nicht baden können, so klein war sie.

Der Wirt wusste nicht, wie ihm geschah – das Pferd mit der grünen Mähne, sein bestes Arbeitstier, war verschwunden, sein Knecht verließ ihn ohne Abschied. Er wütete, tobte, stolperte dabei in diese winzige Pfütze und – ertrank.

Schon nach kurzer Zeit war Vít mit dem Bau seiner Mühle fertig, doch dann traute er seinen Augen nicht: Seine Mühle mahlte Tag und Nacht durch alle vier Jahreszeiten, und so wurde Vít ein sehr reicher Mann. Der Wassermann hatte ihn für seine gute Tat belohnt.

Eines Abends spazierte Vít zum Ufer der Donau. Auf einer Bank traf er die schöne Jana, die immer noch sehnsuchtsvoll darauf wartete, dass ihr temperamentvoller Tanzpartner aus dem Wasser auftauchte. Und manchmal, ja manchmal, da geschehen Dinge, die keiner erklären kann... Vít und Jana sahen sich, an und flugs verliebten sie sich ineinander. Fortan lebten sie glücklich in der Wassermühle, und man munkelt, dass der Wassermann von Devín ein häufiger Gast bei ihnen war. Man hörte es dann poltern, stampfen und wirbeln. „Der Wassermann tanzt wieder", flüsterten die Bewohner von Devín.

DARIA BIEZUNSKI-VITÁSEK

Salz ist wertvoller als Gold

Ein großer König hatte drei Töchter, die er alle sehr liebte. Als er älter und des Herrschens müde wurde, fing er an sich Gedanken zu machen, welche seiner Töchter eines Tages seine Nachfolge übernehmen würde. Er beschloss die drei auf die Probe zu stellen und befragte sie, wie sehr sie ihn liebten.

Die älteste Tochter schwor ihrem Vater, sie liebte ihn wie Gold, worauf der alte König zufrieden nickte.

Die mittlere Tochter überzeugte ihn, dass sie ihn liebte wie ihren Brautschmuck. Auch das gefiel ihrem Vater sehr.

Die jüngste Tochter aber sprach: „Liebster Vater, ich liebe Dich wie - Salz!“

Salz!!! So etwas Gewöhnliches! Der alte König empörte sich sehr über die geringe Liebe seiner Tochter. „Geh mir aus den Augen, du undankbares Geschöpf! Salz! Wer hätte gedacht, dass du so gering von mir denkst! Verschwinde, ich will dich nicht mehr sehen! Du sollst erst zurückkehren, wenn das Salz so viel wert ist wie das Gold!“, schrie der enttäuschte König.

Maruschka, so rief man die jüngste Tochter, tat wie ihr befohlen. Sie verließ das Schloss und wanderte in die weite Welt hinaus. Ihr Gang war sicher, denn sie wusste, dass sie nichts Unrechtes getan hatte, aber ihr Herz zersprang vor Schmerz, und das Salz ihrer Tränen färbte ihre Augen rot.

Sie ging über Berge, Täler, Wiesen und Wälder, bis sie schließlich bei einer kleinen Waldhütte ankam, vor der ein altes Mütterchen saß. Da sie schon sehr erschöpft war, bat sie die Frau, sich auf ihrer Bank ausruhen zu dürfen. Die Alte betrachtete Maruschka und fragte: „Was bedrückt dich, mein Täubchen, ich sehe doch, du hast bitterlich geweint.“ Maruschka erzählte der Alten, was sich zugetragen hatte und warum sie nun nicht mehr nach Hause zurückkehren könnte. Die Alte tröstete sie: „Maruschka, eines Tages wirst auch du wieder glücklich und freudig sein können, die Zeit wird kommen!“ Und sie musste es wissen, denn sie war eine gute Fee und wusste bereits vom großen Irrtum des Königs.

„Maruschka, kannst du Schafe hüten, Wolle spinnen und weben? Und vor allem: Kannst du kochen?“, fragte die Fee das arme Mädchen.

Nichts von alldem konnte die Prinzessin, schließlich lebte sie bisher in einem Schloss und wurde von allen Seiten bedient. Sie versprach aber alles zu lernen, und schon bald beherrschte sie alle diese Fertigkeiten, insbesondere das Kochen.

Währenddessen lebten ihre Schwestern in Saus und Braus am Königshof. Die eine stand den ganzen Tag vor dem Spiegel und ließ sich kostbare Kleider schneidern, die andere dachte nur an ihr Vergnügen und tanzte jede Nacht ein Paar Schuhe durch.

Ständig wurden neue Gäste eingeladen, um die Gewänder der älteren Tochter zu bewundern und mit der mittleren zu tanzen.

Die Augen des alten Königs bemerkten den immer üppigeren Popanz in seinem Schloss, die Ohren des alten Königs vernahmen wohl die Schmeicheleien seiner beiden Töchter, denn schließlich wollte jede von ihnen Königin werden. Einzig sein Herz flüsterte immer und immer wieder, dass er Unrecht getan hatte, und er erinnerte sich an die innige Liebe, die ihn mit seiner jüngsten Tochter verband. Dennoch, Maruschkas Zuneigung zum Vater mit gemeinem Salz zu vergleichen, empörte ihn so sehr, dass er auf die Stimme seines Herzens nicht achten wollte.

Eines Abends, als er in seinem Schaukelstuhl saß und heimlich und voller Sehnsucht an Maruschka dachte, kam sein Koch herbeigeeilt und beschwerte sich, dass es am ganzen Hof kein Salz mehr gäbe. Der König befahl, im benachbarten Dorf nach Salz zu suchen: „Salz gibt es doch überall!" Doch nirgends wurden seine Boten fündig. Auch weiter, über die Grenzen seines Reiches hinaus, war kein Salz aufzufinden. Nicht im Osten, nicht im Westen, auch nicht im Süden und auch nicht im Norden.

Die Köche bemühten sich dennoch, köstliche Mahlzeiten zu bereiten, doch nach und nach verließen alle Gäste den Hof, da ihnen das Essen nicht schmeckte und sie dadurch auch keine Freude mehr am Tanz und den anderen Köstlichkeiten des Hoflebens finden konnten. Kein Salz in der Suppe, kein Salz auf dem Brot, kein Salz auf dem Braten – ohne Salz kann nichts gedeihen!

Durch das salzlose Leben wurden die Menschen müde und krank. Auch das Vieh litt unter dem Salzmangel, Kühe, Ziegen und Schafe gaben kaum Milch. Der König und seine beiden Töchter blieben auch nicht verschont, und kein Gold dieser Erde und kein Edelstein konnte ihnen jetzt helfen... Maruschka lebte weiterhin bei der gütigen, alten Frau im Wald und wusste nichts vom Elend zu Hause.

Eines Morgens, beim üppigen Frühstück, erzählte die Fee Maruschka, dass ihr Vater krank sei: „Mein Täubchen, geh nach Haus, dein Vater und das Königreich brauchen dich jetzt mehr als ich! Ich will dich belohnen für deine Arbeit, du hast mir treu und gut gedient, und weil du das Salz so hoch zu schätzen weißt, möge es dir niemals daran fehlen!" Und sie gab ihr einen Beutel mit Salz. „Mütterchen, ich danke Euch, ich will meinem Vater von Euch und Eurer Großzügigkeit erzählen." Die Alte lächelte und sagte: „Mein gutes Täubchen, nun nimm auch diese kleine Weidenrute, und eines Tages, du wirst schon wissen wann, gehe durch fünf Täler und über fünf Berge, berühre die Erde mit der Rute, und was immer du in diesem Boden findest, sei dir zu eigen."

Maruschka vertraute der Fee und tat wie ihr geraten. Als sie sich noch einmal umdrehte, um der Alten zu winken, war die Hütte samt der Fee verschwunden.

Sie verkleidete sich als Koch und eilte stehenden Fußes zum Schloss. Sie konnte es kaum, erwarten den Vater wiederzusehen.

Dort angekommen, bat sie um Arbeit in der Küche, und da alle Köche aufgrund des Salzmangels das Weite gesucht hatten, hieß man sie herzlich willkommen.

Gleich am ersten Abend kochte sie ein aufwendiges Gericht und würzte es so, wie es sein sollte - mit Salz.

Als der König das Abendessen kostete, röteten sich seine Wangen, ein freudiges Lächeln erschien auf seinem Gesicht und er verlangte sofort nach dem Koch: „Welcher Künstler hat es geschafft, ohne die kostbarste Würze ein solch köstliches Mahl zu zaubern?“ Maruschka erschien vor ihm, doch der erkannte sie nicht, so dass sie die Kochmütze abnahm: „Vater! Ich bin es, deine Tochter, Maruschka!“

Die Freude des alten Königs war grenzenlos! Endlich hatte er seine liebste Tochter wieder bei sich und verkündete sogleich: „Maruschka, meine Jüngste ist die Richtige! Sie ist meine rechtmäßige Nachfolgerin!“

Er bat sie wegen seines Irrtums um Verzeihung, denn längst hatte er erkannt, wie wertvoll Salz ist und dass es nicht mit Gold aufzuwiegen ist.

Gerade als ihr Vater sie umarmte und Maruschka das Salz seiner Tränen auf ihrem Gesicht spürte, war es ihr, als ob die Alte zu ihr sprach, ganz leise, wie ein Windhauch. Sie wusste, jetzt musste sie durch fünf Täler und über fünf Berge gehen.

Sie machte sich auf den Weg, und da sie schnell wieder zurück bei ihrem Vater sein wollte, beeilte sie sich sehr und ließ bald die fünf Täler und die fünf Berge hinter sich. Wieder angekommen schlug sie mit der Rute auf den Boden. Mit einem lauten Donner öffnete sich die Erde und Maruschka trat ein. Die Wände des großen Saales waren aus Eis gebaut. Von überallher kamen winzige Männlein gelaufen und wisperten: „Willkommen, allerliebste Salzprinzessin! Wir haben deine Ankunft schon erwartet. Folge uns, wir zeigen dir dein Reich!“ Der große Saal war voller glitzernder Kristalle, in den vielen Gängen hingen von den Decken silberschimmernde Eiszapfen, in den wunderschönen Gärten blühten rote Eisrosen und wundersame Blumen. „Noch niemals habe ich solche Pracht gesehen!“, staunte Maruschka. „All das ist Salz!“, riefen die Zwerglein. „Nimm davon, soviel du magst - du erinnerst dich: Weil du das Salz so hoch zu schätzen weißt, möge es dir niemals daran fehlen!“ Maruschka dachte an die Alte und glücklich lief sie heim zum Vater. Der Eingang zu ihrem unterirdischen Reiche schloss sich nie wieder. Nun gab es Salz für alle und Arbeit für viele!

Sie wurde eine gute Königin, die ihr Volk gerecht regierte. Niemals vergaß sie die wesentlichen Dinge im Leben. Und wenn sie gerade nicht viel regieren und entscheiden musste, stand sie in der königlichen Küche und kochte für ihre Familie die köstlichsten Gerichte, die immer reichlich gesalzen waren, so dass dazu viel Wasser und Wein fließen musste!

GYÖRGY BUDA

Der Zigeuner als Advokat

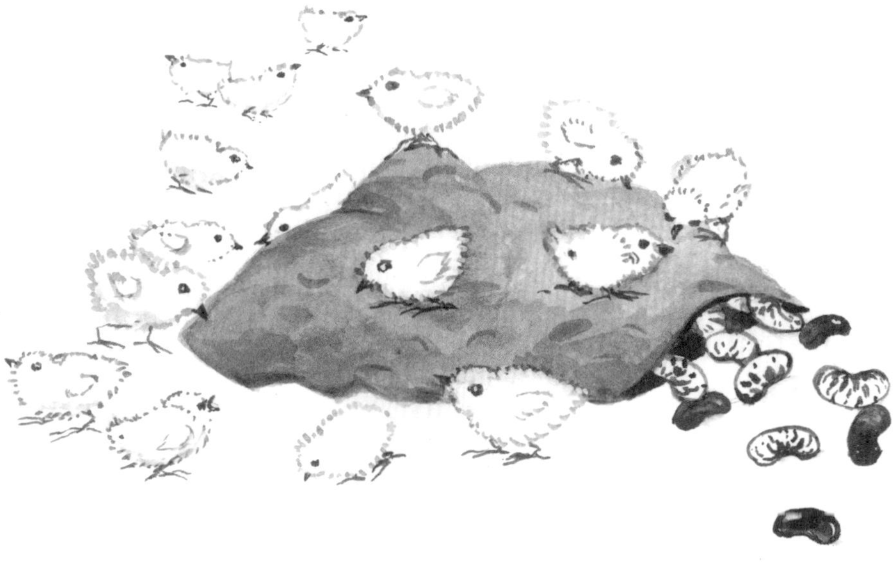

Ein armer Landpfarrer kam in die Stadt, wo er etwas erledigen musste. Er war arm wie die Maus seiner Kirche, doch hungrig war er wie ein ganzes Löwenrudel, also ging er in eine Gastwirtschaft und fragte die Wirtin, ob nicht etwas vom Mittagessen übrig geblieben sei, denn eine richtige Mahlzeit könne er sich nicht leisten.

Sie sagte: „Etwas Richtiges ist eh nicht da, nur ein paar gekochte Eier, Brot und Wein."

Er antwortete: „So bringt bitte, was Ihr entbehren könnt."

So brachte sie ihm die Eier, Wein und Brot, und als er gegessen hatte, sagte er: „Vergelte es Euch Gott, gute Frau, ich danke Euch."

Die habgierige Wirtin aber wollte sich nicht mehr daran erinnern, dass er um übrig gebliebenes Essen gefragt hatte, um etwas, was sie entbehren könnte, und berechnete ihm für die Eier von gestern, Brot von vorgestern und den Wein von der Kellerstiege einen Preis wie für ein fürstliches Essen. „Nichts da mit Danke und vergelt's Gott. Wenn Ihr nicht zahlen könnt, dann packt Euch und hinfort, hinfort, bevor ich Eure Soutane als Pfand nehme!"

Es dauerte sieben Jahre, bis er wieder in der Stadt zu tun hatte. Er besaß nun etwas Geld und wollte gleich seine Schulden bezahlen. Er ging also ins Wirtshaus und fragte die Wirtin: „Wisst Ihr, wer ich bin? Erkennt Ihr mich?" Und sie antwortete: „Wie könnte ich Euch nicht erkennen! Ihr seid der hungrige Landpfarrer, den ich davongejagt habe. Ihr seid mir ein Mittagessen schuldig geblieben."

„Ich bringe Euch heute das Geld. Rechnet doch mal aus, wie viel es macht."

Die habgierige Wirtin begann zu rechnen: „Ja, das waren fünf Eier. Wenn ich diese Eier einer Glucke untergelegt hätte, wären Küken geschlüpft, sie wären herangewachsen, hätten Eier gelegt und ich hätte sie wieder brüten lassen, wieder wären Küken geworden, diese hätten wiederum Eier gelegt, daraus wären wieder Hühner und Glucken herangewachsen, das wäre also eine ganze Menge. Da habt Ihr mächtige Schulden."

Da rechnete sie ihm viel vor. So viel Geld hatte er nicht bei sich.

„Ich habe nicht so viel Geld, eine Menge habt Ihr mir da vorgerechnet."

„Zahlt Ihr mir das nicht innerhalb von vierzehn Tagen, übergebe ich Euch dem Gericht!"

Da ging der Pfarrer ganz traurig von dannen. Auf dem Heimweg begegnete er einem Zigeuner. Dieser grüßte ihn: „Guten Tag, Herr Pfarrer! Was lasst Ihr den Kopf so hängen?"

„Ach was, wozu soll ich es dir erzählen, du kannst mir doch sowieso nicht helfen."

„Warum sollte ich Euch nicht helfen können? Sagt mir nur, was Euch geschehen ist."

Da erzählte ihm der Pfarrer alles, und auch, dass er in vierzehn Tagen vor Gericht erscheinen müsse.

„Ach, wisst Ihr was, Herr Pfarrer? Ich werde Euer Advokat sein. Ihr werdet sehen, wir gewinnen!"

Der Pfarrer beruhigte sich. Er ging nach Hause und sagte niemandem etwas von der Sache.

Als aber die Zeit für die Gerichtsverhandlung herangekommen war, da bekam er eine Vorladung, und der Zigeuner stand dort als sein Advokat eingeschrieben.

Sie kamen also zum Gericht, die habgierige Wirtin, der arme Pfarrer, der dicke Richter, nur der Zigeuner fehlte! Für acht Uhr waren sie geladen, und sie warteten eine geschlagene Stunde auf ihn. Und als er die Tür öffnete, grüßte er freundlich, als wäre nichts geschehen: „Einen schönen guten Morgen!"

Der dicke Richter aber fragte: „Was hast du denn seit heute früh getan? Wir warten schon eine geschlagene Stunde auf dich!"

„Ich bitte untertänigst, Herr Rat, ich habe Bohnen gekocht, die will ich nachher stecken gehen." Und er brachte wirklich in einem Sack gekochte Bohnen mit.

Doch der Richter lachte, dass ihm die Knöpfe am Talar aufgingen: „Ach, du dummer Zigeuner! Was hättest du denn von den gekochten Bohnen gehabt, wenn du sie gesteckt hättest?"

Da erwiderte der pfiffige Zigeuner: „Sehen Sie, Herr Rat! Und was wäre denn aus diesen gekochten Eiern geworden? Was für Küken denn? Was für Hennen?"

Da hatte die habgierige Wirtin den Prozess verloren. Sie ging lauthals schimpfend von dannen, und hätte sie erst gesehen, wie dann im Pfarrhaus der Landpfarrer Speck in der Pfanne brutzeln ließ und der dicke Richter Zwiebeln dazu schnitt und der pfiffige Zigeuner die fertig gekochten Bohnen dazugab, und noch dazu, wie sie alle mit einem herrlich spritzigen Messwein anstießen, da hätte sie vor Wut sich selbst in der Luft zerrissen.

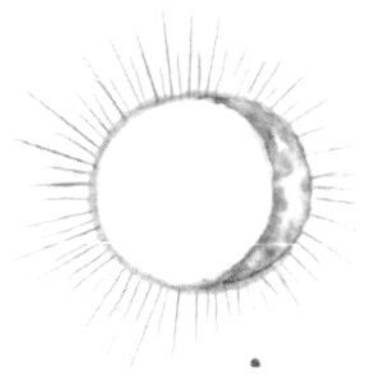

„*Von Štúrovo in der Slowakei kann man heute über eine 500 Meter lange Brücke nach Észtergom spazieren, und schwupps – ist man in Ungarn.*

Und in Ungarn hat die Donau ein Knie – ja, wirklich! Bei Vác, einer kleinen Stadt im Norden, bahnt sich die Donau ihren Weg mit einem beinahe rechtwinkligen Knick durch das Visegráder Gebirge.

Auf einer der vielen Flussinseln in dieser Gegend habe ich mit Geigenklängen Fangen gespielt und mit den Tönen des Tárogató Verstecken. Tárogató spielt man nur in Ungarn, es sieht aus wie eine Klarinette und klingt wie ein hölzernes Saxophon. Mich erinnert es an die alte orientalische Schalmei, und daher nenne ich es „Türkische Pfeife“.

Die alte Müllerin am Donauufer spielte auf dem Tárogató wunderschöne traurige Lieder und beschenkte mich mit einem Lángos, das ist eine Brotspezialität der hiesigen Küche. Den Fladen aus Hefeteig, der in einer Pfanne in reichlichem Fett gebacken wird, hat sie mit Knoblauchwasser eingepinselt, mit Paprika gewürzt und mit Sauerrahm und Schafskäse belegt – was für eine Köstlichkeit!

Und weil gerade Markttag war, spazierte ich hinauf auf die Burg von Visegrád – man nennt diese Burg auch Zitadelle – und aß zur Nachspeise einen Kukuruz. Die werden hier auf Standeln verkauft, so wie in Wien die Würstel.

Mátyás, der Gerechte, wie die Ungarn ihren König zu der Zeit nannten, wohnte oft in der Zitadelle von Visegrád. Er mischte sich, verkleidet als Bettler oder Student, unters Volk, um von den Sorgen und Nöten der Menschen zu erfahren. Aber ob auch er Kukuruz von Standeln gegessen hat, das weiß ich nicht. Vielleicht sollte ich Suro fragen...“

MERCEDES ECHERER

König Mátyás, der pfiffige Alte und die drei Ziegenböcke

König Mátyás, der pfiffige Alte und die drei Ziegenböcke

Ein alter Bauer plagte und mühte sich mit seinen beiden Ochsen auf seinem Feld. Da kam die Kutsche des Königs Mátyás vorbei, hielt an, und der König stieg aus, umringt von seinem ganzen Gefolge aus Dienern, Höflingen und Ratgebern.

„Gott gebe dir einen guten Tag, mein Freund!“, begrüßte er den Bauern.

„Euch ebenso, mein König!“

„Wann hast du mich das letzte Mal gesehen?“

„Vergangene Woche, als ich die ersten Früchte meines Feldes auf den Markt brachte, erfreute ich mich an eurem Antlitz, ich sah und traf euch doppelt, dreifach und vielfach und hatte doch gar keinen Wein getrunken.“

Der schönste der Höflinge lachte stolz und sagte: „Du lügst, unser König geht niemals auf den Markt!“

Der pfiffige Alte entgegnete „Nun, ich verkaufe die Früchte meines Feldes auf dem Markt – und wie werde ich dafür bezahlt? Mit Dukaten! Und ist nicht das Bild unseres geliebten Königs auf jedem ehrlichen Dukaten zu sehen?“

Der König musste darob herzhaft lachen und fragte weiter, denn er wollte wissen, ob sein alter Freund noch immer den Beinamen „der pfiffige Alte“ verdiente. Ihr müsst wissen, der Bauer diente einst im Heer des Königs. Jeder Soldat im Heerlager kannte seine Witze und Schnurren, und alle nannten den Schelm den „pfiffigen Alten“.

„Ist die Ferne immer noch so weit entfernt?“, wollte der König nun wissen.

„Ach woher, sie ist bei den Hörnern meiner treuen Ochsen.“

Der gewitzte unter den Dienern lachte mitleidig und sagte: „Du redest Unsinn, die Ferne ist immer fern.“

Der pfiffige Alte entgegnete: „Nun, die Ferne war weit weg, weil ich, als ich jung war, weit sehen konnte. In diesen Tagen reicht die Ferne nur bis zu den Hörnern meiner Ochsen, denn weiter sehe ich nicht mehr.“

Der König hielt sich den Bauch vor Lachen und fragte weiter: „Und wie viel, mein pfiffiger Alter, zählen heute die zweiunddreißig?“

„Potzblitz und herrje, nur zwölfe, mein König.“

Der gelehrteste unter den Ratgebern lachte hochmütig und sagte: „Du kannst nicht einmal zählen, zweiunddreißig bleiben zweiunddreißig.“

Der pfiffige Alte entgegnete: „Nun, da habt ihr nicht ganz Recht. Früher hatte ich zweiunddreißig Zähne, heute sind‘s zwölfe.“

Der König lachte Tränen: „Die Unterhaltung mit dir, mein Freund, ist immer ein Vergnügen. Und jetzt habe ich Lust auf ein Spiel“, flüsterte der König dem pfiffigen Alten ins Ohr.

„Wer von euch klugen Männern kann einen Ziegenbock melken?,“ rief der König seinem Gefolge zu.

„Das geht doch gar nicht“, riefen die Diener und lachten.

„Das ist unmöglich“, riefen die Höflinge und rümpften ihre Nasen.

„Das ist ausgeschlossen“, meinten die Ratgeber und schüttelten ihre weisen Köpfe.

„Mein König, nichts leichter als das. Gebt mir Zeit bis morgen Mittag“, sagte der Bauer und trieb seine Ochsen wieder zur Arbeit an.

Der König verabschiedete sich von seinem alten Freund, bestieg seine Kutsche und fuhr weiter zur Zitadelle, wo er mit seinem ganzen Tross übernachtete.

Unbemerkt von den anderen ritt der schönste der Höflinge zurück um den alten Bauern zu fragen, wie man, bitte schön, Ziegenböcke melken könne. „Ich gebe dir meinen Pferdesattel, aber verrate mir die Lösung.“

„Potzblitz, was fange ich mit eurem Pferdesattel an, kommt morgen zu Mittag und bringt mir euer Pferd, dann verrate ich es euch.“

Der schönste der Höflinge war zu neugierig und versprach am nächsten Mittag mit seinem Pferd zu kommen.

Der gewitzte Diener des Königs versuchte ebenfalls sein Glück und brachte dem pfiffigen Alten eine Flasche Wein und geflochtene Körbe als Dank für die gesuchte Antwort.

„Potzblitz, was fange ich Bauer mit altem Wein und neuen Körben an, kommt morgen Mittag und bringt mir ein ganzes Fass guten Weins, gebratenen Fasan und Kapaune, dann verrate ich es euch.“ Der gewitzte Diener bekräftigte diesen Handel mit einem Handschlag und verließ den Alten.

Nun wollte auch der mürrische Ratgeber des Königs die Antwort herausfinden und schlich zum Bauern: „Sag mir, Bauer, wie kann man Ziegenböcke melken? Ich habe studiert, bin seit Jahren des Königs wichtigster Ratgeber, aber diese Antwort weiß ich nicht. Hier, ich schenke dir ein kluges Buch, damit du mir die Lösung sagst.“

„Potzblitz, ihr wisst doch, dass wir einfachen Leute weder lesen noch schreiben gelernt haben, was soll ich mit Eurem Buch, kommt morgen in aller Herrgottsfrühe und helft mir bei der Feldarbeit, dann verrate ich es euch.“

Wieder bei den anderen auf der Zitadelle prahlten zuerst der schönste der Höflinge, dann der gewitzte Diener und zuletzt der mürrische Ratgeber, sie wüssten die Antwort, morgen zu Mittag sollen alle zum Feld des alten Bauern kommen.

Der König aber sagte: „Gut, so werden wir morgen zu Mittag die Antwort bekommen, aber nur einer die Belohnung.“

Alle gingen zu Bett, und keiner außer König Mátyás konnte schlafen, zu neugierig waren sie auf den Ausgang dieser Geschichte.

In aller Herrgottsfrühe stapfte der mürrische Ratgeber aufs Feld des Bauern, und schuftete wie ein Ochse, bis die Mittagshitze unerträglich wurde. Dann kam der schönste der Höflinge und kurz darauf der gewitzte Diener. Zuallerletzt kam die Kutsche des Königs mitsamt seinem Gefolge, und alle starrten auf den mürrischen Ratgeber, auf den schönsten der Höflinge und den gewitzten Diener. Alle drei standen sie verdutzt am Feld des Bauern.

„Rasch, sag' mir zuerst des Rätsels Lösung, ich habe mein Wort gehalten", fauchten und zischelten alle drei durcheinander.

Der Bauer aber zwinkerte: „Mein König, seht, ich habe drei Ziegenböcke gemolken, der erste Bock brachte mir sein Pferd, der zweite Bock ein Fass Wein und allerlei Gebratenes, der dritte hat für mich auf dem Feld gearbeitet."

Der König und das ganze Gefolge verfielen in ein nimmer enden wollendes Gelächter, sogar der gewitzte Diener und der schönste der Höflinge mussten mitlachen, nur der mürrische Ratgeber trollte sich davon, die Schande, wie ein Ziegenbock gemolken worden zu sein, konnte er nicht ertragen.

Der König hielt sein Wort und gab dem Bauern als Belohnung zwei junge, starke Ochsen und einen Sack voller Dukaten.

„Lasst gut sein, mein König. Der Spaß an der Sache hat mich erfreut und hält mich jung. Wenn ihr mich öfter besuchen kommt, ist mir das Belohnung genug!"

MERCEDES ECHERER

Vier goldene Haare, ein Trog voller Tränen und ein herzhaftes Lachen

Es war einmal vor langer, langer Zeit, da zogen Garele und Ruzsa vom Donauknie südwärts Richtung Vojvodina von Dorf zu Dorf und riefen „Bringt eure Kessel, bringt eure Kessel!“, und die Bauersleute brachten allerhand zum Ausbessern. Dafür gaben sie den beiden Brot, Zwiebeln, Paprika, Kürbis und Käse. Garele und Ruzsa waren Zigeuner und liebten ihre Freiheit, auch wenn die Winter eiskalt und die Sommer drückend heiß waren. Zigeuner waren die besten Kesselflicker, und manchmal lasen sie in deiner Hand und sagten dir die Zukunft voraus.

Garele und Ruzsa hatten einen kleinen Sohn, Tibi, er war ihr ganzer Stolz.

Tibi wuchs heran, und eines Tages beschloss er, alleine in die weite Welt zu ziehen. „Geh, mein Sohn, werde glücklich und vergiss nie deine Eltern“, sagte Garele zum Abschied, und Ruzsa weissagte ihrem Sohn, er werde ein berühmter Mann werden.

Tibi zog los und kam in die Residenzstadt, nach Budapest. Herrliche Paläste säumten die breiten Straßen, und Geschäfte gab es da, voller Waren, die er noch nie in seinem Leben gesehen hatte. Er konnte all die Pracht kaum fassen, und wenn das Herz voll ist, kommen die Worte leicht über die Lippen. So sprach er den Erstbesten an: „Guter Mann, habt ihr Arbeit für mich?“ – „Pack dich, Zigeuner, solche wie euch wollen wir hier nicht!“, bekam er zur Antwort. Tibi fragte den Nächsten und den Übernächsten, und jedes mal hörte er: „Pack dich fort, Zigeunergesindel!“

So unfreundlich hatte er sich die weite Welt nicht vorgestellt. Es war schon dunkel, er hatte Hunger und war müde, da traf er einen blinden Kutscher, der ihn bei den Pferden schlafen ließ und ihm am Morgen Milch und Weißbrot brachte.

„Ich danke dir, das werde ich dir nie vergessen, du bist in dieser Stadt der erste, der mich nicht verjagen will.“

Der Kutscher war ein freundlicher Mann, der nicht viel redete und lieber zuhörte. Meistens pfiff er ein Lied, weshalb ihn die meisten den Pfiffikus nannten.

Tibi blieb beim Kutscher und half die Pferde zu füttern und zu pflegen. Eines Abends kam der Blinde nicht nach Hause. Besorgt ging Tibi zum Wirt an der Ecke. Wer weiß, dachte er bei sich, vielleicht hat der Blinde einen zu viel über den Durst getrunken und findet nicht mehr nach Hause. Nach drei Tagen und drei Nächten der Suche hörte er aus einem Kerkerloch den Pfiffikus eine vertraute Melodie pfeifen.

„Wo bist du?“, rief der Zigeunerjunge. – „Tibi, ich bin hier unten, man hat mich eingesperrt, du musst mir helfen“, flüsterte der Kutscher. „Ich kutschierte die Prinzessin nach Hause, eigentlich ein Privileg, aber für mich ein Todesurteil. Weil mein Gaul plötzlich bockte, fiel die Kutsche in den Graben und die Prinzessin verstauchte sich ihren Arm. Zur Strafe muss ich mein Pferd schlachten und mit dem Leben komme ich nur davon, wenn ich etwas zuwege bringe, was noch niemand zuwege gebracht hat, sonst reißt man mir den Kopf ab.“

Tibi war ebenso verzweifelt wie der Kutscher, er hatte nur bis zum übernächsten Tag Zeit, das Unmögliche möglich zu machen. Tibi schlich zurück zu den Pferden, um nachzudenken. Was half ihm die Weissagung seiner Mutter, wenn er jetzt nicht dem Kutscher das Leben retten konnte. Und wie er so grübelte, stampfte plötzlich eines der Pferde mit den Hufen. Tibi ging zum Pferd um nachzusehen, da stand dort eine wunderschöne Frau mit fast durchsichtiger Haut, goldenen Haaren und sprach mit einer Stimme, wie wohl nur Engel eine haben.

„Deine Mutter hat recht, du wirst sehen. Ich bringe dir diesen Kasten und diesen Stab, nun reiß‘ mir vier Haare aus und spanne sie über diesen Kasten.“ Tibi traute seinen Ohren nicht, tat aber alles genauso wie es ihm die Fee auftrug. Dann nahm die Fee das Kästchen und lachte herzhaft hinein. Einmal, zweimal, dreimal. Dann füllte sie einen Trog mit ihren silbernen Tränen und goss den Trog in das Kästchen.

„Lieber Tibi, das ist eine Geige. Wenn du mit dem Stab über die goldenen Saiten streichst, wirst du die Menschen zu Tränen rühren oder zum Lachen bringen, ganz wie du willst.“ Und sie verschwand.

Am nächsten Morgen lief Tibi sofort zum Kerkerloch und fing an, den Stab über die goldenen Haare zu streichen.

„Das ist eine Geige“, erklärte er dem Kutscher. „Was immer auch eine Geige sein mag, der Ton klingt so süß wie kein Mensch ihn je gehört hat“, antwortete der blinde Kutscher. Und wirklich, bald versammelte sich eine Menschenmenge um Tibi, und alle weinten oder lachten, ganz wie Tibi es wollte. Er erinnerte sich an die alten Lieder, die seine Mutter gesungen hatte, und auch an die Melodien, die der Kutscher immer pfiff, und Tibi spielte auf der Geige, als ob es um sein eigenes Leben ging.

Die Prinzessin hörte sein Geigenspiel und lief zu ihrem Vater, dem König.

„Vater, mein lieber Vater, kommt, das müsst ihr hören.“ Der König liebte seine Tochter und konnte ihr keinen Wunsch abschlagen, und als er vor dem Kerkerloch stand und die Geige erklang, war der König wie verzaubert.

„Was ist das, mein Sohn“, fragte der König. Der Kutscher rief aus dem Kerkerloch: „Mein König, dies ist eine Geige.“ Und Tibi spielte und spielte. Mal musste der König weinen, mal lachen, genau wie seine Tochter und seine Untertanen, sogar der Kerkermeister zerdrückte einige Tränen.

„So etwas Wunderschönes habe ich noch nie gehört“, sprach der König. „Dann müsst ihr meinen Freund freilassen, denn in seinem Stall fand ich das Kästchen. Ohne ihn könnte ich heute hier nicht spielen.“ Und das war ja gar nicht einmal gelogen. Daraufhin ließ der König den Kutscher frei, und sein Gaul durfte am Leben bleiben.

Und Tibi, ja, der wurde berühmt mit seinem Geigenspiel, und keiner jagte ihn mehr weg.

Als die Prinzessin heiratete, lud sie Tibi, seine Eltern und den Kutscher auf die Burg ein, und Tibi spielte für sie drei Nächte lang auf der Geige. Ruzsa weinte vor Glück: „Wir sind die besten Kesselflicker", sagte sie, „und unser Sohn der beste Geigenspieler."

Ja, so entstand die Geige, und wer es mir nicht glaubt, soll in den Stall des Kutschers gehen. Dort findet ihr ein goldenes Haar, und wer weiß...

GYÖRGY BUDA

Müllerstochter

Es war einmal ein Königreich, da lebte ein Müller mit seiner Tochter. Der König kam zur Mühle, denn er wollte die Klugheit seiner Untertanen prüfen. Doch der Müller war nicht zu Hause. Da fragte der König das Mädchen: „Du, Mädchen, wo ist dein Vater?“
„Er ist gegangen, dem Kukuruz einen andern Namen zu geben.“
„Und deine Mutter, wo ist sie?“
„Meine Mutter ist um Licht und Schatten gegangen.“
„Und deine Schwester?“
„Die tanzt mit Rute und Reisig.“

Der König wandte sich zornig ab, weil er das Mädchen nicht nach dem Sinn seiner Worte fragen mochte. Der Müller kam ihm bereits entgegen, und der König ließ seine Wut an ihm aus. „Du Müller, wenn du mir nicht aus deinem Mühlstein eine Fischsuppe zubereitest, lass ich dich köpfen.“ – „Aber, mein erlauchter König, wie soll das möglich sein?“– „Nun, ich habe dir gesagt, was du zu tun hast, ich sage es nicht noch einmal.“

Der Müller grämte sich und weinte bitterlich.
„Lieber Vater, warum weint Ihr?“, fragte seine Tochter.
„Lass‘ mich, mein Kind, du kannst mir doch nicht helfen.“
„Immerhin, lieber Vater, wenn Ihr’s mir doch sagen wolltet.“
„Höre, mein Kind, wenn ich dem König nicht aus dem Mühlstein eine Fischsuppe zubereite, lässt er mich köpfen.“
„Grämt Euch nicht, lieber Vater, geht zum König und sagt ihm, er soll kommen und den Stein abschuppen, weil Ihr ihn sonst nicht kochen könnt.“

Der Müller ging zum König und trug seine Bitte vor.
„Müller, geh nur wieder heim“, antwortete der König. „Wie könnte ich einen Mühlstein abschuppen!“

Seine Antwort ließ dem König keine Ruhe, er ließ den Müller wieder zu sich rufen und sagte: „Du, Müller, nimm diese Spule Garn. Daraus musst du für alle meine Soldaten Hemden weben, sonst lass ich dich köpfen.“

Der Müller kam weinend nach Hause. Im Tor erwartete ihn seine Tochter.
„Was gibt‘s, lieber Vater, warum seid Ihr wieder so bekümmert?“
„Weil der König mich durchaus vernichten will. Sieh diese Spule, ich soll daraus für alle seine Soldaten Hemden weben, sonst lässt er mich köpfen.“

Das Mädchen lief geschwind aufs Feld und brachte fünf Distelstauden nach Hause. „Lieber Vater, bringt das schnell dem König und sagt ihm, er möge daraus einen Webstuhl machen, damit wir noch diese Woche die vielen Hemden weben können.“

Der Müller brachte dem König die Distelstauden und trug seine Bitte vor.

Darauf der König: „Wie könnte ich denn daraus einen Webstuhl machen, Müller?"
„Nun, Majestät, genau so, wie ich alle die Hemden aus der Spule Garn."
„Du Müller, das hat nicht dein Kopf ersonnen! Geh jetzt heim."

Anderntags ließ ihn der König wieder rufen. „Du, Müller, deine Tochter muss mir noch heute ein Geschenk bringen, das eines ist und keines ist, und das muss sie auf einem Pferd bringen, das eines ist und keines ist, dazu muss sie ein Gewand tragen, das eines ist und keines ist, sonst lass ich dich köpfen."

Der Müller ging gar sehr bekümmert nach Hause. Bisher war er mit heiler Haut davongekommen, aber die dritte Aufgabe schien unlösbar.

Nachdem die Tochter ihren Vater angehört hatte, sagte sie: „Lasst nur, lieber Vater, grämt Euch nicht weiter. Geht und holt einen Maulesel und ein Fischernetz."
Der Müller holte Maulesel und Fischernetz.
„Jetzt geht und fangt mir einen Spatz, setzt ihn auf einen Teller und deckt ihn mit einem anderen zu." Der Müller tat wie ihm gesagt, und seine Tochter ritt zum Königsschloss. Der König sah sie kommen, erkannte zuerst den Maulesel an seinen langen Ohren, also ein Pferd und doch keines, dann wurden seine Augen groß und seine Ohren rot, als er das Mädchen auf dem Maulesel einzig in ein Fischernetz gehüllt sah, durch das seine Schönheit schimmerte, in einem Gewand also, das doch keines war. Er konnte seine Augen kaum von ihr wenden, doch sie hielt ihm die Teller hin: „Hier, erlauchter König, Euer Geschenk!"

Dem König zitterten bereits die Hände, so sehr war er von der Klugheit und Schönheit des Mädchens betört, er ließ die Teller fallen, doch waren die noch nicht am Boden zerschellt, als der Spatz schon flugs das Weite suchte.

Das war nun ein Geschenk und doch keines, indessen sah sich der König überaus reich von der Müllerstochter beschenkt, er sprach zu ihr: „Du schönes und kluges Müllermädchen, ich will dich zur Frau nehmen, wenn du es auch willst, und wenn du versprichst, nicht klüger zu sein als ich." „Nun, ich will gar nicht klüger sein, mein König, aber immer die Wahrheit sagen, das möchte ich." So heiratete der König das kluge Müllermädchen.

Eines Tages kam ein armer Mann mit einer Kuh zur Mühle, desgleichen ein reicher Bauer mit zwei Ochsen. Während sich der arme Mann in der Mühle aufhielt, kalbte die Kuh, und das Kalb legte sich unter einem der Ochsen nieder. Als der reiche Bauer das sah, wollte er das Kalb mit sich nehmen. „Hört, Gevatter, gebt das Kalb her, denn es gehört mir!"
„Wie soll es denn dir gehören, armer Mann, du siehst ja, dass es unter meinem Ochsen liegt."
„Ist es etwa möglich, dass ein Ochse kalbt?", fragte der arme Mann.

„Wie dem auch sei, das Kalb war unter meinem Ochsen, also gehört es mir!“

Sie wollten die Sache vor den König bringen. Der aber war gerade auf der Jagd, so erzählte der arme Mann der Königin, was sich zugetragen hatte, und sie antwortete: „Gräme dich nicht, armer Mann! Geh hinauf in die Berge, setz dich unter einen Strauch und stochere mit einer Rute herum. Wenn dich der König fragt, was du dort suchst, dann sag ihm, du suchst Fische. Darauf wird der König sagen: ‚Wie närrisch bist du, armer Mann, wie willst du unter einem Strauch Fische finden?‘ Und du sagst: ‚Je nun, erlauchter König, ich finde unter einem Strauch Fische genau so, wie man unter einem Ochsen ein Kalb findet.‘“

Der arme Mann tat, wie ihm geheißen. Tatsächlich fragte ihn der König: „Was suchst du dort, du armer Mann?“

„Ich suche Fische!“

„O wie närrisch bist du, du armer Mann! Wie willst du unter einem Strauch Fische finden?“

„Ich finde hier Fische, erlauchter König, genauso wie man unter einem Ochsen ein Kalb findet.“

„Sei beruhigt, ich will dafür sorgen, dass du dein Kalb zurückbekommst.“

Und so geschah es.

Der König aber zürnte seiner Frau, denn er wusste, dass sie den armen Mann beraten hatte, und kehrte auf der Stelle heim. „Frau, pack deine Siebensachen und geh zurück zu deinem Vater, denn du hast mich vor meinen Jagdgefährten beschämt, obwohl ich dir schon in der Mühle sagte, dass du nicht klüger sein dürfest als ich. Ich fragte damals nach deinem Vater, und du antwortetest, er sei gegangen, um dem Kukuruz einen anderen Namen zu geben. Was meintest du damit?“

Die Königin darauf verschmitzt: „Nun, er hat den Kukuruz zu Mehl vermahlen.“

„Stimmt, dann ist‘s ja kein Kukuruz mehr! Und wo war deine Mutter, als du sagtest, sie sei um Licht und Schatten gegangen?“

„Nun, sie war beim Krämer, um Lampenöl und Vorhangstoff zu kaufen.“

„Da hast du nun wieder recht“, sagte der König. „Und als ich dich fragte, wo deine Schwester sei, sagtest du, sie tanze mit Rute und Reisig. Was war denn das?“

„Meine Schwester fegte den Hof mit einem Reisigbesen, der mit Weidenruten zusammengebunden wird.“

„Siehst du, weil du so überaus klug bist, schick‘ ich dich fort.“ Die Königin erwiderte: „Lass uns nur noch einmal zusammen das Nachtmahl einnehmen. Bei Tag kann ich nicht gehen, ich würde mich ja schämen.“

„Schon gut, warte also, bis es dunkel wird, dann aber geh! Von meinem Schloss kannst du mitnehmen, was dir am liebsten ist.“

Beim Nachtmahl gab sie dem König ein Glas Schlafwein, und der König schlief gleich ein. Nun ließ die Königin den König in den Wagen tragen, und sie nahm ihn mit ins Haus ihres Vaters. Dort setzte sie sich an die Feuerstelle und begann zu spinnen. Im Morgengrauen erwachte der König.
„Ei, wo sind wir denn, meine liebe Frau?"
„Nun, bei meinem Vater."
„Und warum sind wir hergekommen?"
„Weil du gesagt hast, ich solle von deinem Schloss mitnehmen, was mir am liebsten ist. Und das bist du."
„Wenn es so ist, dann lass die Kutsche vorfahren. Sofort nach Hause! Du bist klüger als ich, und wenn du mich noch immer haben willst, werden wir zusammenbleiben und zusammen klug sein."

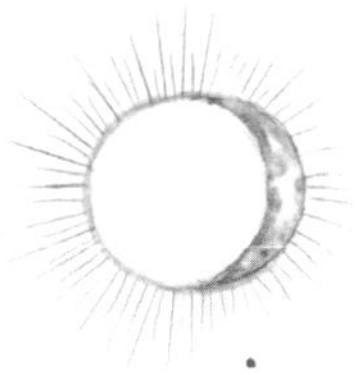

Die Donau fließt durch die pannonische Tiefebene nach Kroatien.

„In Ungarn heißt der große Fluss Duna, in Kroatien, Serbien und Bulgarien Dunav, auf Slowakisch und Ukrainisch heißt er Dunaj und in Rumänien Dunărea. In Kroatien weiß das jedes Kind, denn hier werden so viele Sprachen gesprochen, dass mir ganz schwindlig wurde bei meinem ersten Besuch: Kroatisch, Serbisch, Bosnisch, Kajkawisch, Tschakawisch, Istrisch, Istrorumänisch, Venezianisch, Mezedonisch, Albanisch, Ungarisch, Tschechisch, Slowakisch, Romani und Slowenisch. Und manch alter Bauer oder Händler spricht auch noch Deutsch, denn früher siedelten hier auch Donauschwaben.

An jener Stelle, wo die Drau in die Donau mündet, liegt die wunderschöne Zwischenstromlandschaft Syrmien, dort habe ich Kolo tanzen gelernt. Der Kolo, ein Reigentanz, wird musikalisch begleitet von Akkordeon, Mundharmonika, Frula, das ist die traditionelle Blöckflöte, und von der Tamburica. Die Tamburica ist ein Zupfinstrument ähnlich der spanischen Gitarre, der bulgarischen Tambura, der ukrainischen Bandura...

Die Tanzenden halten sich an den Händen, an den Hüften oder Schultern, und los geht es: linker Fuß, rechter Fuß und hopp! Mindestens drei Menschen müssen es sein, um einen Kolo zu beginnen, und weil jedes Dorf seinen eigenen Kolo hat, trafen sich Tänzer und Tänzerinnen aus den umliegenden Dörfern um miteinander zu tanzen. Manche kamen sogar aus Serbien und Ungarn. Im Nu waren es über 300 Paare, alle in ihren verschieden Trachten. War das ein fröhliches und buntes Erlebnis! Und so sind die Feste immer in Kroatien!“

RAMONA TARKA

Vom einäugigen König und seinem Diener RundumdieWelt

Es war einmal ein König, der hatte ein prächtiges Schloss am Ufer des Stromes und eine schöne Gemahlin, doch nur ein einziges Auge unter der buschigen Augenbraue und ein kaltes Herz in der Brust.

Und noch etwas war in diesem Königreich anders: Zwar kam es bei den umliegenden königlichen Höfen ebenfalls vor, dass die Diener bestraft wurden und gegebenenfalls eine Nacht oder mehrere im Kerker verbrachten, aber der Einäugige war wahrlich der einzige, den seine schöne Gemahlin selber bedienen musste, wenn wieder einmal die ganze Dienerschaft bestraft worden war!

Dabei müsst ihr wissen, dass die Hochgeborene ebenfalls aus einem Königshaus stammte (sie war nicht weniger als die zweitjüngste Tochter der Halbschwester der dritten Gemahlin des Königs aus dem Osten) und war somit schmutzige Arbeit gar nicht gewohnt. Eines Abends, als sogar die gute, alte Köchin im Kerker hockte und die Königin in der Küche nichts als eine halb ausgeweidete Wildente fand, platzte ihr endgültig der Kragen.

„Wenn du wenigstens schön wärst", schrie sie den verdutzten Ehemann an, „würde ich das alles vielleicht noch ertragen! Aber Tag für Tag neben einem Einäugigen zu erwachen und dann auch noch für ihn zu kochen, das geht mir zu weit!"

Vielleicht hätte der König die Worte seiner Gemahlin gar nicht so ernst genommen, hätte ihn der knurrende Magen nicht die ganze Nacht über wachgehalten. So blieb dem König aber nichts anderes übrig als nachzudenken. Er sinnierte also angestrengt, und als die ersten Sonnenstrahlen in sein Schlafgemach drangen, hatte er eine Entscheidung gefasst: Er verspürte überhaupt keine Lust, milder mit seiner Dienerschaft umzugehen, also musste er, um die Gunst seiner Gemahlin nicht zu verlieren, eben schöner werden!

Dazu rief er den klügsten seiner Diener zu sich... Das heißt, er schrie nach ihm, bis ihm der Hals glühte, tapste dann barfüßig die kalten Treppen hinunter, entwand dem schlafenden Kerkermeister den Schlüsselbund und befreite seinen klügsten Diener aus dem Kerker, kehrte um, stieß den immer noch schlafenden Kerkermeister hinein, sperrte hinter ihm zu und versteckte den Schlüssel an einem sicheren Ort. Erst dann sprach er: „RundumdieWelt, du bist mein klügster Diener und du hast mir geschworen, rund um die Welt zu gehen, um mir einen Wunsch zu erfüllen. Geh jetzt und erfahre, wie mein krankes Auge geheilt werden kann. Ich will kein einäugiger König mehr sein!"

RundumdieWelt ging los, und auch wenn sich mancher Zuhörer wundern mag, wieso ein kluger Diener so einen Schwur ablegen konnte, wo es damals noch gar keine Flugzeuge gab, ja nicht einmal Autos oder Fahrräder, und sich fragt, wie dumm denn erst die anderen Diener sein konnten, so soll er sich dennoch gedulden und dem Erzähler weiter zuhören. Denn man hat auch wunderlichere Dinge gesehen, als einen

Diener, der rund um die Welt läuft, um seinen einäugigen König zu heilen.

Zuallererst musste er aber den breiten Fluss überqueren. Es standen ihm dafür ein glitschiger Baumstamm, ein morsches Boot oder ein seltsamer, riesiger Fisch zur Verfügung, der halb im Wasser und halb über Wasser schwamm. Der kluge Diener entschied sich für den seltsamen Fisch. Und da zeigt es sich schon, dass er richtig gehandelt hatte, denn der Fisch brachte ihn sicher auf die andere Seite. Eine einzige Bitte hatte der Fisch: Der kluge Diener sollte dort in der weiten Welt nach einer Lösung suchen, damit der Fisch wieder ganz im Wasser schwamm.

Es stellte sich auch heraus, dass RundumdieWelt einen Plan hatte, denn er ging schnurstracks zur Mutter der Sonne und fragte, ob sie denn wüsste, wie seinem Herrn zu helfen war. Die wusste es nicht und die Sonne persönlich auch nicht. Und sie schickten ihn weiter zur Mutter des Mondes. Die Mondmutter und auch der Mond hatten auch nicht die leiseste Ahnung, was zu tun war, und schickten den redlichen Diener weiter zur Mutter des Windes. Diese hieß ihren Sohn, sich zu kämmen und sich das Gewand am Leibe zu richten, bevor er die Frage beantworten durfte, denn der Wind kannte wahrlich die Antwort!

„Der König muss", sagte der Wind und wich der Hand seiner Mutter aus, die ihm noch eine letzte zerzauste Haarsträhne aus der Stirn streichen wollte, „seinen Dienern keinen Befehl mehr erteilen, um wieder mit beiden Augen sehen zu können. Das ist die einzige Lösung." Der kluge Diener erkundigte sich auch nach der Antwort auf die Frage des Fisches und der Wind wusste auch in diesem Problem Bescheid: „Der Fisch muss einfach einen Menschen verschlingen", sagte er. „Dann schwimmt er wieder ganz unter Wasser."

Der kluge Diener bedankte sich und machte sich auf den Heimweg. Am Ufer des Flusses erwartete ihn der Fisch und der Diener versprach ihm, die ersehnte Nachricht erst nach Überqueren des Flusses zu geben. Als er aber am anderen Ufer ankam, lief der Diener so schnell er konnte und erst, als er weit genug war, enthüllte er dem riesigen Fisch die Lösung. Der Fisch schlug mit seinem kräftigen Schwanz hohe Wellen im Wasser, doch der Diener war schon weit weg und in Sicherheit.

Dann stand der Diener vor dem einäugigen König und sprach:

„Der Wind lässt dich wissen, mein König, dass ein König so lange auf einem Auge blind ist, solange er seinen Dienern befiehlt. Erst wenn seine Diener auch ihm befehlen, wird er nicht mehr einäugig sein, sondern auf beiden Augen sehen."

„Scher dich zum Teufel!", schrie da voll Zorn der König. „Lieber bin ich blind, als dass mir ein Diener befiehlt."

Kaum hatte er das gesagt, als es Nacht um ihn wurde. Der König war auf beiden Augen blind geworden, und in seiner großen Angst und Wut lief er hinaus aus dem

Schloss, direkt auf das Ufer zu. Vielleicht hätte ihm jemand gesagt, dass er sich vor dem riesigen Fisch hüten soll, der mit geöffnetem Maul auf ihn zuschwamm, doch leider war wieder die ganze Dienerschaft im Kerker eingesperrt, und der kluge Diener unterhielt sich gerade mit der schönen Königin und erzählte ihr von seinem jüngsten Abenteuer.

Manche sagen, die Königin hätte wenig später den klugen Diener geheiratet und sie wären glücklich geworden. Aber man kann schließlich nicht alles glauben, was einem erzählt wird...

GYÖRGY BUDA

Eine Brotrinde

Im Dorf Sabunike des reichen Ban Josip lebte einmal der arme Petar. Der war so arm, dass er nur „der arme Teufel“ genannt wurde. Er hatte nichts zu essen, nur eine Brotrinde. Ihn fror es auch, doch dagegen konnte er etwas machen. Er ging in den Wald, um Holz zu hacken. Die Brotrinde nahm er für nach der Arbeit mit.

Zu dieser Zeit aber gab es noch Teufel auf der Welt, die überall ihr Unwesen trieben. So schlich sich auch ein kleiner Teufel an Petar heran. Während er die Axt schwang, aß der Teufel ihm die Brotrinde weg. Als Petar die Brotrinde nicht fand, zuckte er nur mit den Schultern und dachte bei sich: „Die hat vielleicht ein noch ärmerer Teufel als ich aufgegessen!“

Der kleine Teufel aber kam nach Hause, und der Oberteufel fragte ihn: „Wo bist du den ganzen Tag gewesen?“

Der aber wollte mit seiner Teufelei prahlen und erzählte, wie er dem armen Petar die Brotrinde weggegessen hatte. Das war aber selbst dem Oberteufel zu viel, er war fuchsteufelswild und schimpfte erbost: „Du misslungene Ausgeburt der Hölle, zur Strafe wirst du ein Jahr lang dem armen Petar dienen, ein rechter Teufel isst den Amen keine Brotrinde weg!“

Der kleine Teufel ging also zu Petar und sagte ihm, dass er ihm für die Brotrinde ein Jahr lang dienen müsse. Petar aber fragte: „Was willst du denn bei mir arbeiten, ich habe nicht einmal selbst etwas zu tun und auch nichts zu essen!“ Doch der kleine Teufel sagte: „Schweig nur! Alles wird gut, ich finde schon eine passende Arbeit für mich!“

Petar war damit einverstanden, er war das Gehorchen gewohnt. Wenn es sein musste, musste es eben sein! Als die Nachbarn sahen, dass er einen Diener hatte, lachten sie ihn aus: „Wozu braucht er einen Diener, er hat ja selber nichts zu tun!“

Der Arme besaß wirklich kaum etwas. Nach und nach hatten ihn die Nachbarn um Grund und Boden gebracht, ihm blieb nur das unfruchtbare Moor. Trotzdem machte sich im Frühling der kleine Teufel ans Pflügen, er zog dort drei Furchen. Petar fragte ihn: „Warum pflügst du das Moor, willst du Gelsen ernten?“

Der Teufel aber erledigte drei Tage hintereinander sein Geschäft in die Furchen. Es war ein gutes Jahr für seine Saat, auf dem Moor wuchsen bald Groschenroggen und Guldenweizen, ja sogar die Goldgerste ging gut auf. Das Moor glänzte und glitzerte mit all diesen Münzen wie eine Schatzkammer.

Jetzt wurden die gierigen Nachbarn auf Petar neidisch, sie wagten sich aber nicht ins Moor, um ihm seinen Ertrag zu nehmen. So wandten sie sich an ihren Ban Josip. Als dieser sah, wie in Petars Moor Gold und Gulden wuchsen, wurde er schwarz vor Neid. Er wollte wissen, wie sich das zutragen konnte, und als Petar ihm sagte, das alles sei das Werk seines Dieners, wollte der Ban ihm das Moor und den kleinen Teufel sogleich abkaufen. Dieser schlug ihm einen Tausch vor: Die Hälfte seiner Felder und Tiere sollten dafür Petar gehören. Er aber würde im Tausch auf ewig bei Ban Josip bleiben. Sie setzten gleich den Vertrag auf. Der Ban unterschrieb, und der kleine Teufel setzte seinen Daumenabdruck darunter, denn Schreiben hatte er noch nicht gelernt.

Die neidischen Nachbarn sahen, dass sie leer ausgehen sollten und fielen mit Säcken und Sicheln im Moor ein, um Gold und Gulden zu stehlen. Und wie's der Teufel haben will, verwandelten sich im gleichen Augenblick Groschenroggen und Guldenweizen, ja sogar die Goldgerste zu Binsen, Schilf und Seggen. Alles Funkeln und Gold war dahin. Die Nachbarn versanken samt ihren Säcken und Sicheln im Moor, und der gierige Ban fluchte gar fürchterlich. Doch der kleine Teufel fragte ihn, was er sich denn erwartet hätte? Diese Pflanzen wuchsen eben im Moor von Sabunike wie überall sonst auf der Welt.

Da blieb dem Ban Josip nur noch die Hoffnung, auf der anderen Hälfte seiner Ländereien den Diener einzusetzen, damit ihm Reichtümer aus dem Boden erwuchsen. Wie gut würden Groschenroggen, Guldenweizen und Goldgerste erst auf seiner fetten Erde wachsen! Der kleine Teufel aber sagte: „Ban Josip, ich werde auf ewig bei dir bleiben, wie im Vertrag festgelegt. Alles andere lass nur meine Sorge sein!"

Damit schwang er sich auf die Schultern des Bans, gab ihm ordentlich die Sporen und ritt ihn in einem höllischen Tempo zum Oberteufel. Dieser umarmte den kleinen Teufel und sprach: „Mein liebes Teufelchen, ich sehe, du hast bei den Menschen viel gelernt und mir den Richtigen gebracht, du verdienst ein Extra-Feuer für deine teuflische Schlauheit!"

GORAN NOVAKOVIĆ

Wenn mich bloß einer auffressen würde!

Wenn mich bloß einer fressen würde...", dachte der altersschwache Wachhund. Ergraut, wehrlos und sehr traurig legte er seine müde Knochen auf das weiche Moos im tiefen Wald und wartete, dass ihn ein kräftiges Tier auffressen würde, damit sein elendes Leben endlich zu Ende wäre. Das wäre ein hundewürdiger Tod.

Sein ganzes Leben hatte er auf dem Bauernhof gedient, Diebe verbellt und verjagt und Mensch und Tier am Hof gut bewacht. Alles war ihm dort vertraut, er liebte seine Menschen, ihre Stimmen, ihr Lachen, er liebte es, wenn sie ihn streichelten, und das gute Fressen liebte er auch sehr. Aber als der Hund alt wurde und zu nichts mehr taugte, bekam der arme Kerl immer weniger und schlussendlich gar nichts mehr zu Fressen. Keine Arbeit, kein Brot, lautete dereinst das eiserne Gesetz auf einem Bauernhof.

Der betagte Vierbeiner aber war müde und wollte seine Ruhe. Verzog er sich jedoch in eine Ecke, wurde er getreten; lief er ziellos über den Hof, warf der kleine Sohn Steine nach ihm; und trank er Wasser aus dem Trog, zog ihn die kleine Tochter am Schwanz.

„Bevor sie mich weiter quälen und verhungern lassen, gehe ich lieber in den Wald und warte auf meinen Tod!", dachte sich der greise Wachhund.

So irrte das arme alte Tier mit dem gebrochenen Herzen herum, bis er sich völlig erschöpft ins weiche Moos legte.

„Wen sehe ich denn da? Den großen Helden vom Bauernhof?", hörte er die Stimme des Wolfes. Ach, der Wolf, dieser Hühner- und Lämmerdieb, den hatte er früher schon oft vom Hof vertrieben, vielleicht würde der Wolf seinem jämmerlichen Leben ein Ende machen...

Der Wolf erkannte den Hofhund sofort. „Der bellende Bruder, der mir niemals, aber kein einziges Mal erlauben wollte, auch nur ein winziges Hühnchen mitzunehmen? Warum siehst du so schrecklich aus? Was ist mit dir passiert?"

Der Hund flehte ihn an: „Ich möchte sterben, bitte friss mich hier an Ort und Stelle auf!"

„Einen so armseligen ehemaligen besten Freund des Menschen wie dich habe ich noch nie gesehen. Hat dich der Bauer geprügelt? Kriegst du nichts mehr zu fressen? Der Mensch ist wirklich ein herzloses Tier."

„Ja, du hast recht. Sie wollen mich nicht mehr, weil ich alt und nutzlos geworden bin. Und ich dachte mir, ich gehe, bevor..."

„Das hätte ich an deiner Stelle nicht getan", sagte der Wolf. „Mich kann man töten, aber erniedrigen kann mich niemand. Freund, ich kann dir helfen, wenn du willst." Der Hund wunderte sich, aber der Wolf hatte einen guten Plan, und so stimmte er zu.

Am nächsten Tag ging der Bauer mit seiner Frau aufs Feld, und sie nahmen ihren jüngsten, gerade erst geborenen Sohn mit zur Feldarbeit. Als sie den alten Hund erblickten, begann die Bäuerin sofort zu schimpfen: „Der räudige Köter hat sich irgendwo ´rumgetrieben, und jetzt kommt er wieder angekrochen, der Nichtsnutz, der Unverschämte!“

Sie bewarf den Hund sofort mit Steinen, aber der trottete weiter und legte sich neben den Kleinen, der seelenruhig in seinem Körbchen schlief. Plötzlich schlich sich der Wolf heran, schnappte das Kind und lief davon. Das Bauernpaar hörte ihren kleinen Sohn schreien, den Hund bellen und sah, wie ihr alter Köter dem Wolf nachsetzte. Alles ging so schnell, sie konnten den gefährlichen Räuber nicht einholen, aber sie konnten sehen wie die beiden kämpften, solange, bis der Wolf seine Beute fallen ließ und verletzt davonhinkte. Der kluge Plan des Wolfes, die Kindesentführung und seine Rettung vorzutäuschen, war geglückt! Der alte Vierbeiner legte sich stolz neben das Kleine und wartete. Die Bauern nahmen überglücklich ihr unverletztes Kind in die Arme und dankten dem greisen Hund. Seitdem durfte er den ganzen Tag faulenzen, und immer wartete ein voller Napf auf ihn. Eines Tages aber kam der Wolf zu ihm und verlangte den vereinbarten Preis: Ein Lämmchen wollte sich der hungrige Wolf nun holen.

Ein Hund ist ein treuer Gefährte und einen Diebstahl auf seinem Hof konnte er nicht zulassen. Aber ein Hund hält auch sein Wort, also hatte auch er einen guten Plan.

„Ich halte mein Wort, drum, lieber Vetter Wolf, komme am nächsten Samstag zur Seelenmesse des Altbauern, da kann ich dich reichlich lohnen.“

In dieser Region gehört es sich, die Gäste bei einer Seelenmesse ebenso üppig zu bewirten, wie das jede andere Feier für die Lebenden verlangt. Es gab Spanferkel, Lämmchen und viele andere Köstlichkeiten. Die vielen Gäste trafen nacheinander ein, der Tisch war im Hof gedeckt, und das Seelenfest begann mit allerlei Gebeten. Die Bauersleute und ihre Gäste erinnerten sich an den Altbauern und weinten, manche mehr, manche weniger, und dann wurde gegessen. Von den Gästen unbemerkt versteckte sich der Wolf im Gebüsch in der Ecke des Hofes, so wie es ihm sein Freund aufgetragen hatte.

Der Hund schnappte sich blitzartig zwei große, saftige Stücke vom Tisch, ein Stückchen vom Ferkel, ein Stückchen vom Lämmchen und brachte stolz seine Beute dem Wolf. Sofort brach ein Tumult aus: „So ein frecher Köter, erschießen müsste man den!“

„Lasst ihn, er darf fressen, was er will!“, entgegneten die Bauersleute, „Er hat unseren kleinen Sohn gerettet!“

„Du hast recht, dein Hund ist etwas Besonderes“, sagte der Nachbar, und alle erinnerten sich an die Heldentat des alten Vierbeiners, und die aufgebrachten Gemüter beruhigten sich.

Der Wolf im Gebüsch war ebenso außer sich: Der Geschmack des gebratenen Ferkels und des zarten Lämmchens war fantastisch. Er schleckte sich seine Pfoten und bedankte sich bei seinem Freund aufs Allerherzlichste.

„Hatte ich dir nicht das Beste versprochen?“ Und der Hund lief wieder zum Tisch und nahm zwei dicke Scheiben Weißbrot und zwei große Stücke vom Kuchen. Dieses Mal empörte sich keiner der Gäste, aber eigenartig fanden sie es schon: „Also, mein Hund sollte sich das nicht trauen“, hörte man sie leise flüstern, denn keiner wollte die gute Stimmung stören.

Im Gebüsch genoss Gevatter Wolf das Weißbrot und den Kuchen. Was für ein Mahl! Der Wolf, der wenig Erfahrung hatte mit Menschen und Seelenfeiern, wollte wissen, was die Menschen plötzlich so fröhlich stimmte und warum sie jetzt alle plötzlich sängen?

„Die Menschen haben viel Schnaps getrunken“, murmelte der Hund. „Wenn die Menschen viel Schnaps trinken, das passiert nicht nur in dieser Gegend, singen sie zu jeder passenden und unpassenden Gelegenheit, sogar bei einer Seelenmesse.“

„Schnaps, was ist das? Ich will es kosten!“ Der Hund holte ihm eine von den halbleeren Flaschen, und diesmal bemerkte es niemand.

Der Wolf, der keine Erfahrung mit Schnaps hatte, kostete, schleckte sich das Maul, kostete noch einmal und trank die Flasche leer.

„Jetzt werde auch ich singen!“, lallte er mit seiner vom Schnaps dick gewordenen Zunge.

„Bitte tu das nicht, sie werden dich entdecken, und dann bist du verloren!“, warnte ihn der alte Hund.

Aber der betrunkene Wolf ließ sich nicht abhalten und begann zu heulen und zu johlen, wie das Wölfe eben tun. Er hielt es für einen wunderschönen Gesang, die Gäste hingegen erschraken: „Hilfe, ein Wolf!“

Der Hund ahnte, was jetzt folgen würde. Er wollte das Schlimmste noch verhindern, aber es war schon zu spät.

Die Menschen schnappten sich, was immer sie fanden, Messer, Heugabel, Besenstiele, umkreisten den „singenden“ Wolf, prügelten auf ihn ein und verjagten ihn. Gott sei Dank hatte keiner ein Gewehr zur Hand.

Das hintere Bein und drei Rippen gebrochen, Schwanz verloren, so entstellt und gedemütigt wankte er zurück in den Wald, in der Dunkelheit fühlte er sich sicher.

Später in der Nacht trottete der alte Hofhund in den Wald, um nach seinem Freund zu sehen. „Dieser verdammte Schnaps!“, winselte der Wolf, „warum hast du mir diesen niederträchtigen Trank gegeben? Du bist Schuld an meinem schrecklichen Schicksal. Das also ist dein Dank!“

Darauf der Hund: „Nicht ich, und auch nicht der Schnaps, sondern du selbst bist schuld daran. Weil du dich nicht beherrschen konntest. Ich hatte dich gewarnt. Hättest du nicht gesungen, hätte man dich nicht geprügelt.“

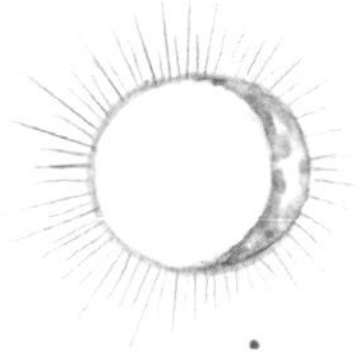

„ *Tanzend, singend und schaukelnd auf den Wellen der Donau erreichte ich Belgrad, die Hauptstadt Serbiens. Hier am Zusammenfluss von Save und Donau siedelten die ersten Menschen bereits vor über 7.000 Jahren. Belgrad gehört sicher zu den ältesten Städten entlang der Donau.*

Serben feiern gerne und ausgiebig, zum Beispiel den Geburtstag. Das Geburtstagskind wird von den Verwandten und Freunden zärtlich an den Ohren gezogen, und man sagt: „Lebe noch 100 Jahre.“ Einmal traf ich einen, der war schon 103 Jahre alt – was man ihm wohl zum letzten Geburtstag gewünscht hatte, fragte ich mich. Ob Suro auch diesen Brauch kennt?

Ich ritt weiter auf den Wellen der Donau bis zum „Steinernen Tor“ – was für ein treffender Name für dieses Tal, durch das sich mit aller Kraft die Donau bricht! Diese größte und längste Schlucht in Europa, gesäumt von 300 Meter hohen und steilen Flussklippen, liegt zwischen dem serbischen Karpatengebirge und dem rumänischen Banat.

Diese Strecke war die gefährlichste entlang der ganzen Donau, ohne erfahrene Lotsen war sie überhaupt nicht passierbar. Da die Schiffe die Donau sowohl flussauf- als auch flussabwärts fuhren, hat man sich folgendes überlegt: Die Donau wurde begradigt, also gezähmt, und dann hat man die Treidelbahn gebaut. Die entlang des Flusses fahrende Lokomotive treidelte, heute würde man sagen zog, die Wasserfahrzeuge in sichere Abschnitte, wo sie wieder ohne Hilfe weiterfahren konnten.

Heute ist das alles nicht mehr so wild und gefährlich, aber was geblieben ist, ist die wilde Schönheit der imposanten Gegend.

Und im angrenzenden Naturpark trifft man Luchse, Wölfe, Goldschakale und Braunbären ... “

DARIA BIEZUNSKI-VITÁSEK

Das wundersame Haar

In Zeiten, als noch Zaren herrschten, Nixen in der Donau spielten und Wassermänner das Tanzbein schwangen, lebte unweit der Donau eine sehr arme Familie.

Sie besaß keinen Acker, keine Kühe, keine Pferde oder Schweine. Sie war so arm, dass sogar Kirchenmäuse mit ihr Mitleid hatten und die Hütte der Armen tunlichst mieden.

Im Sommer gab ihnen der Wald seine Früchte. Mit Pilzen und Kräutern konnten sie den schlimmsten Hunger stillen und ihre kleinen Mägen füllen, doch der Herbst kam, es fand sich immer weniger Essbares, und die zehn Kinder wurden von Tag zu Tag immer trauriger und schwächer. Das kleinste konnte kaum mehr auf seinen dünnen Beinchen stehen. Mutter und Vater waren verzweifelt, sie konnten den Anblick der hungernden Kinder kaum mehr ertragen, und eines Abends beschlossen sie, ihre Kinder umzubringen, um sie vor dem Leid und dem sicheren Hungertod zu bewahren.

So weit, so wenig märchenhaft.

In der Nacht vor der grausamen Tat saßen Mutter und Vater weinend in der Stube, als plötzlich eine winzige leuchtende Kugel durch das Fenster hineinfiel und sich augenblicklich in ein fabelhaftes strahlendes Etwas verwandelte, aus dem eine kluge und warme Stimme ertönte.

„Unten am Fluss, beim Wasserfall, sitzt seit Ewigkeiten ein Mädchen, das ein wundersames rotes Haar besitzt. Der Zar wird euch 1000 Dukaten geben für dieses wundersame Haar. Aber ihr dürft auf keinen Fall mit dem Mädchen reden, sonst werdet ihr in einen Stein verwandelt. Jetzt legt euch schlafen, und wenn ihr morgen aufwacht, findet ihr unter eurem Bett einen Muschelkamm, einen Kranz aus Sommerblumen, ein Tuch aus Spinnwebenseide und einen Spiegel aus Donauwasser. Diese Dinge werden euch helfen."

Kaum war die Stimme verstummt, verschwand auch das Licht.

So weit, so märchenhaft.

In aller Herrgottsfrühe zog die Mutter den Fluss entlang, und kaum am Wasserfall angelangt, erblickte sie das liebreizende Mädchen.

„Liebe Frau, wie schön, dass du mich besuchen kommst. Erzähl mir von dir, woher kommst du?" Die kluge Mutter machte Zeichen mit den Händen, tat, als ob sie stumm sei und kramte ihren Muschelkamm hervor. Die Jungfrau hüpfte auf vor Freude:

„Seit 1000 Jahren sitze ich hier und warte darauf, dass mir endlich jemand einen Zopf flechten möge!"

So begann die Frau die goldenen Haare zu kämmen und zu flechten. Sie ging behutsam vor, um ja nicht das rote Haar zu übersehen. Tatsächlich fand sie es und riss es vorsichtig aus. Der Zopf war fertig, und während die Jungfrau ganz verzückt ihr

Spiegelbild in den Wellen betrachtete, rannte die Mutter weg so schnell sie konnte. Ihr Herz pochte wild in ihrer schmalen Brust.

Da bemerkte die Jungfrau den Verlust des roten Haares und es begann eine wilde Verfolgungsjagd. Nun tat die gute Mutter wie ihr geraten und ließ zuerst den Kranz aus Sommerblumen auf den Weg fallen, danach das Tuch aus Spinnwebenseide und schlussendlich den Spiegel aus Donauwasser. Das Mädchen betrachtete die schönen Dinge, den Kranz und das Tuch aus Spinnwebenseide: wie schön es ihre Schultern umschlang, wie weich es war. So etwas hatte sie noch nie zuvor gesehen, und der Spiegel aus Donauwasser verblüffte sie vollends:
„Endlich habe ich eine ebenbürtige Freundin! Endlich bin ich nicht mehr allein. Das rote Haar, das wächst sicher nach, und diese Freundin bleibt mir auf ewig!" Mit dem Kranz aus Sommerblumen auf dem Haupt, dem Tuch auf den Schultern und ihrer Freundin, die sie im Spiegel aus Donauwasser zu erkennen glaubte in der Hand, tanzte es zurück zum Wasserfall.

Die Geschichte nahm einen Lauf, wie es so in Märchen geschieht.

Die Mutter kam glücklich nach Hause zurück. Vater und Kinder schlossen sie überglücklich in ihre Arme.

Am nächsten Tag ging der Vater in die Stadt, um das Zauberhaar zu verkaufen. Unter den Gelehrten und Wohlhabenden fanden sich viele Käufer, doch der Vater wollte es nur dem Zaren verkaufen. 1000 Dukaten, Tiere und ein Fleckchen Erde bot der Zar, der um das sagenumwobene Haar wusste. Überglücklich und zufrieden kehrte der Vater zurück. Die Familie musste natürlich nie wieder Hunger leiden, und alles war gut.

So weit, so märchenhaft.

Was hatte es aber mit dem Haar auf sich?

Nun, dieses Geheimnis will ich euch nicht vorenthalten: Es war ein Haar der Weisheit. Deshalb wurde das schöne Mädchen vom Wasserfall eitel und einfältig, nachdem ihr das Haar geraubt worden war. Sie schaute nur noch in den Spiegel, anstatt in den Wellen der Donau immer wieder die Geheimnisse der Welt zu betrachten, sich die Geschichten der Nixen und Wassermänner anzuhören oder gar dem Donaukönig beim Suchen seiner Edelsteine zu helfen.

Der Zar wusste um die Kraft des Haares. Er teilte es und erfuhr sogleich alle Weisheiten aus den vergangenen Zeiten und auch die der Zukunft. Er erkannte das Wohl und Leiden in seinem Zarenreich, weshalb er seitdem besonnen herrschte, half den Notleidenden und verteilte die Reichtümer gerecht. Alle Menschen lebten glücklich miteinander – bis irgendwann irgendjemand das Haar stahl und es verbarg. Das ist aber eine ganz andere Geschichte...

Und die Erscheinung bei den Eltern in der Stube? Ja, das war die Sonne selbst, die jeden beobachtet und jeden mit ihren Strahlen wärmen und beschützen will; so auch diese arme Familie.

Und woher kam das Mädchen am Wasser? Ja, das müsst ihr euch schon selbst zusammenreimen, alles kann ich euch nicht erklären. Vielleicht findet ihr aber irgendwo das rote Haar und dann – erzählt ihr mir die Geschichte vom wundersamen roten Haar.

PETRA TORKY

Wie die Vilen entstanden sind

Habt ihr schon einmal etwas von den Vilen gehört?
Vilen sind wunderschöne, feenhafte Naturgeister, die am liebsten in Wäldern nahe am Wasser leben und sich nur sehr, sehr selten bei uns Menschen blicken lassen.

Wie alle Lebewesen auf Erden und im Universum sind diese von Gott erschaffen worden. Wie, will ich Euch hier erzählen.

Nachdem Gott das Wunderwerk Erde vollbracht hatte, überlegte er lange, wer sie bewohnen sollte. Er beschloss, dass zu den vielen Tieren ein Wesen aus Lehm gut passen würde. Aber Gott war nicht zufrieden mit seinem Werk und stellte die Lehmfigur in einen Gang seines Himmelspalastes. Ein kleiner Engel rief entsetzt: „Liebster Herr, was ist denn dies für ein Geschöpf?" Und Gott sprach: „Dies wird ein Mensch, er soll dort auf der Erde leben." Gott schenkte der Lehmgestalt eine Seele und so entstand Adam. Gott schenkte ihm auch eine Frau, Eva, die mit ihm das Leben bestreiten sollte.

Die beiden lebten auf der Erde in Liebe, Glück und Zufriedenheit und zeugten viele Kinder.

Eines Tages befahl Gott Adam und Eva alle Kinder zu ihm zu bringen.

Eva wusste nicht warum, aber sie fürchtete sich vor Gott und wollte ihre Kinder schützen. Sie beschloss, die schönsten und klügsten zu Hause zu verstecken, nur die anderen brachte sie vor Gottes Thron.

Gott lächelte die Kinder an und segnete sie mit Güte, Liebe, Hoffnung und Freiheit. Zu Eva aber sprach er: „Bringe diese Kinder auf die Erde zurück und sei ihnen eine gute Mutter, die anderen Kinder aber, die du vor mir verborgen hast, wirst du nie wiedersehen."

Eva lief voll Sorge nach Hause und fand ihre zurückgelassenen Kinder nicht. Das Haus war leer!

Einige Kinder waren ins Wasser gesprungen, aus ihnen entstanden die Wassernixen. Andere waren in den Wald gelaufen und verwandelten sich in – ja, genau in die VILEN. Und weil sie einander lieben, suchen die Vilen immer Wälder in der Nähe eines Wassers, um ihren Geschwistern, den Wassernixen, nahe zu sein.

GORAN NOVAKOVIĆ

Jovan und sein Bärenbruder

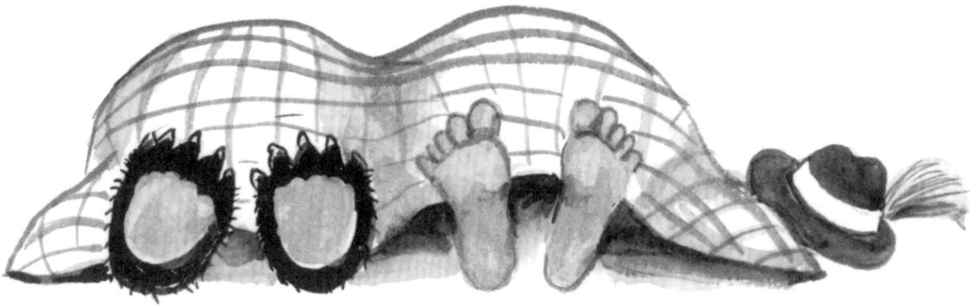

Es lebte in alter Zeit ein Jäger namens Jovan, der oft durch die Wälder streifte, und es war für ihn ein Vergnügen, in der Natur zu sein.Eines Tages begegnete er einem ausgewachsenen Bären. Bären können sehr gefährliche Tiere sein und Jovan überlegte schnell, was er nun tun sollte. Langsam hob er sein Gewehr, aber da plötzlich hörte er eine bärige Stimme: „Lass mich bitte am Leben und werde mein Freund." Jovan war ganz verblüfft. Noch niemals hatte er ein Tier sprechen hören! Er stand so vor dem Bären mit breit geöffnetem Mund und staunte eine Weile. Er hatte noch nicht zu Ende gestaunt, da murmelte er fast unhörbar leise: „Das ist sicher ein Mensch, vielleicht sogar ein Prinz, den eine Hexe verzaubert hat."

„Nein, ich bin nicht verzaubert, ich bin ein echter Bär", antwortete das zottelige Tier, denn es hatte gute Ohren und erzählte dem überraschten Jäger, dass ein Waldgeist ihn die Menschensprache gelehrt hatte. „Ich bewundere euch Menschen, aber kaum, eigentlich gar nicht, kann ich die Sprache der Menschen gebrauchen, denn ich treffe sehr, sehr selten einen von euch. Könnten wir nicht Freunde werden?"

Jovan war vom sprechenden Bären vollkommen begeistert. So verbrachten die neuen Freunde eine Weile zusammen, spazierten durch den Wald und berichteten einander aus ihrem Leben.Jovan und der Bär trafen sich nun fast täglich im Wald, und eines Tages beschlossen die beiden, sich zu verbrüdern. Seit diesem Tag begegneten sie einander noch herzlicher und erfreuten sich aufrichtig an ihrer Freundschaft.

Die Jägerfamilie wurde mit der Zeit schon sehr neugierig auf den Bärenbruder, und so schlug die Frau Jovans vor, seinen tierischen Freund zu ihnen nach Hause einzuladen. Die Kinder konnten es kaum erwarten, dass der Vater den Bären mitbrachte.

An einem Frühlingsnachmittag spazierten Jovan und sein tierischer Freund zu ihm nach Hause und verbrachten einen wunderschönen Abend im Kreis seiner Familie. Jovans Frau hatte für den Bären verschiedene Köstlichkeiten zubereitet, und die Kinder hatten tagelang Blätter, Reisig und Moos gesammelt, um ein riesiges Bett zu bauen. Ein sprechender Bär ist schließlich ein Ehrengast!

Der Bär erzählte den Kindern über seine aufregende Kindheit im tiefen Wald, sprach von seinen Eltern und darüber, wie er die menschliche Sprache gelernt hatte. Dann spielte er mit ihnen, trug sie auf seinen breiten Schultern durch die bescheidene Hütte und balgte mit ihnen herum. Jovans Frau musste sich keine Sorgen machen, ob die gewaltigen Pranken oder die scharfen Reißzähne des Waldfreundes ihre Kinder verletzen könnten, denn der Bär war so vorsichtig beim Spielen mit den Menschenkindern, als ob er zerbrechliches Glas in den Pfoten hielte.

Spät am Abend legten sich Jovan und der Bär schlafen, jeder in sein Bett. Am nächsten Morgen verabschiedete sich der Bär von allen und ging überglücklich und zufrieden in den Wald zurück.

Die Wahlbrüder trafen sich weiterhin so wie früher, bis eines Tages der Bär Jovan vorschlug, ihn in seiner Höhle zu besuchen, denn er wollte ihn ebenso freundlich und großzügig bewirten wie Jovans Familie ihn bewirtet hat.

Der Jäger hatte schon einige Bärenhöhlen gesehen, aber in keiner geschlafen. Für seinen Wahlbruder war er aber bereit, das zu tun und das zu essen, was der Bär für ihn zubereiten konnte: einfache Früchte und Nüsse. Und wieder verbrachten sie einen wunderschönen Abend zusammen. Als es Zeit war schlafen zu gehen, legten sie sich auf das gemeinsame Nachtlager. Bären haben ja keine einzelnen Betten in ihren Höhlen.

Sie waren noch nicht eingeschlafen, da sagte Jovan: „Du, Wahlbruder, dreh dich auf die andere Seite, dein Atem stinkt." So tauschten sie die Seiten und schliefen ein.

Am nächsten Morgen verhielt sich Jovans Gastgeber sehr ungewöhnlich. Er schaute seinem Freund nicht mehr in die Augen und tauschte kein Wort mit ihm aus. Jovan wunderte sich sehr, und als er sich verabschieden und bedanken wollte, sagte der Bär plötzlich: „Du musst jetzt ein Stück Fleisch von meinem Körper abschneiden!"

Jovan war fassungslos. Die Stimme seines Halbbruders klang so ernst und entschieden, dass er nicht wagte zu widersprechen.

„Entweder machst du das, oder einer von uns beiden wird diese Höhle nicht lebendig verlassen."

Jovan sah, dass das kein Spiel war, tat, was der Bär verlangte, und schnitt ihm ein kleines Stück Fleisch vom linken Fuß ab. Verwirrt ging er schnell nach Hause und sah seinen Wahlbruder ein Jahr lang nicht mehr. Zuhause erzählte er natürlich sofort alles seiner Frau und dachte, sie würde eine Erklärung für den merkwürdigen Wunsch des Bären finden, aber auch sie wusste keine Antwort darauf.

Eines Tages begegneten Jovan und der Bär einander wieder. Nachdem sie sich gegrüßt hatten und Jovan sich vergewisserte hatte, dass die Wunde auf seinem Fuß geheilt war, fragte er seinen Wahlbruder, warum er damals diese wahnsinnige Tat von ihm verlangt habe.

Der Bär antwortete: „Wie du siehst, lieber Jovan, ist die Wunde, die du mir mit deinem Messer zugefügt hast, schon verheilt. Aber jene Wunde, die du mir mit deiner Zunge zugefügt hast, als du sagtest, mein Atem stänke, die wird niemals heilen."

Darauf gingen sie auseinander. Sie blieben gute Bekannte, aber Freunde waren sie nicht mehr.

Und so entstand die Redensart, dass eine Wunde irgendwann heilt, ein böses Wort aber niemals wiedergutzumachen ist.

„Vor langer Zeit und von weit her kamen die Bulgaren und fanden hier am Balkan ihre neue Heimat, gründeten Siedlungen und trieben Handel mit nahen und fernen Ländern.

Ich kannte einige feine Herren am Hofe eines bulgarischen Fürsten, oder war es ein König? Egal, diese feinen Herren nannte man Bojaren. Schon in dieser alten Zeit spielten die Bojaren Tablas – ein weit verbreitetes Brettspiel, das in Bulgarien heute von allen an jeder Ecke gespielt wird. Man muss jeden Zug genau überlegen und schlussendlich braucht man, wie bei jedem Spiel, immer auch eine kleine Portion Glück. Suro nicht, er ist ein begnadeter Tablasspieler.

Am 1. März schenkte man mir eine Martenizi, zum Fest der Baba Marta (Oma Marta). An diesem Tag werden die Martenizi an Freunde und Verwandte verschenkt. Martenizi sind miteinander verflochtene weiße und rote Bändchen, immer selber gemacht, niemals gekauft, sonst erfüllen sie ihren Zweck nicht! Man trägt sie als Schmuckstück am Hals, am Arm oder am Kleid, bis man den ersten Storch gesehen hat, dann nimmt man die Martenizi ab und hängt sie an einen Baum oder Strauch. Dem, der sie trägt, soll die Martenizi Gesundheit und Glück bringen.

Dieser Brauch muss seine Wirkung haben, denn nirgends auf der Welt sah ich so viele Hundertjährige wie hier in Bulgarien. Manche sagen, es hat mit dem köstlichen bulgarischen Joghurt zu tun. Ich glaube eher mit der Martenizi…

An einem sonnigen Morgen ging ich über die Giurgiu-Russe Freundschaftsbrücke, eine zweistöckige Fachwerkbrücke aus Stahl, nach Rumänien und sah den ersten Storch in diesem Frühjahr. Nach alter Sitte hängte ich meine Martenizi an einen Strauch und dort hängt sie heute noch…“

MERCEDES ECHERER

Gruica und die drei goldenen Äpfel

Jeden Abend, wenn die Großmutter Neledicas pechschwarzes Haare bürstete, 100 mal auf die eine und 100 mal auf die andere Seite, sprachen die beiden über dies und das. Eines Abends wollte die Großmutter wissen, ob Neledica sich schon einen Liebsten auserkoren hätte.

„Er muss kein Prinz sein, aber von ansehnlicher Gestalt. Er muss kein Held sein, aber mutig. Er muss nicht reich sein, aber bescheiden seine Familie ernähren können. Er muss kein Gelehrter sein, aber klug und pfiffig. Er muss ein Herz aus Gold haben und es mir schenken wollen“, gab Neledica zur Antwort und lächelte dabei.
„Wenn du so einen schon getroffen hast, liebes Kind, dann wird bald Hochzeit sein, nicht wahr?“
„Ich habe mein Herz geprüft, nun will ich seines prüfen“, verriet Neledica ihrer lieben Großmutter.

Am rechten Donauufer, kurz vor der Stadt Russe, hatte die Familie eine Schenke. Neledica half Vater und Mutter flink und geschickt beim Bewirten der Gäste.

Nun müsst ihr wissen, Neledica war nicht nur flink und geschickt, sie war bescheiden und stolz, klug und beherzt und das schönste Mädchen weit und breit. Das lange Haar trug sie immer zum Zopf geflochten, ihre Augen strahlten tiefblau und ihre Wangen waren rot wie frische Äpfel.

Jeden Freitag kam eine Handvoll junger Männer in die Schenke, um gemeinsam das köstliche Essen und wunderbaren Wein zu genießen. Die meisten von ihnen prahlten mit ihren Heldentaten und wetteiferten um die Gunst des schönen Mädchens: „Neledica, ich will alles tun was du verlangst, wenn du nur meine Frau wirst!“, riefen sie durcheinander.

Neledica wusste wohl, dass die jungen Männer nicht nur scherzten und sagte: „Meine Großmutter hat mir erzählt, dass, als sie ein Mädchen war, es dort, wo sie herkommt, einen wundersamen Apfelbaum gab, der goldene Äpfel trägt – wer mir drei dieser Äpfel bringt, soll mein Mann werden!“ Und dabei streifte ihr Blick den stattlichen Gruica, der gleichermaßen freundlich war zu Herren wie Dienern.

Nun wusste ein jeder, dass Neledicas Großmutter aus dem Osten kam, von weit über dem Schwarzen Meer. Manchen war diese lange Reise doch zu abenteuerlich, manche der tollkühneren Männer beschlossen gleich am nächsten Morgen loszureiten.

Viel wird geredet wenn die Nacht lang ist, nur Gruica schwieg. Er liebte das Mädchen schon seit Kindertagen und wünschte sich nichts sehnlicher, als sein Leben mit ihr zu teilen. Gruica grübelte, er wusste, dass auf dem Weg übers Meer zu den Osmanen unbekannte Gefahren lauerten.

Nach wenigen Tagen kam der erste der jungen Männer zurück, weil sein Pferd nicht weiter wollte. Was er auch tat – er redete ihm gut zu, er schlug es mit der Peitsche –, das Pferd wollte nicht. So musste er aufgeben. Nach zwei Wochen kam wieder einer zurück, schwer verwundet vom Kampf mit Wegelagerern.

Nach einer weiteren Woche kehrte der dritte mehr tot als lebendig heim und berichtete, seinen mutigen Freund habe das Meer verschlungen. Indessen besuchte Gruica seinen Freund Marko Kraljevic, den Held der Serben, denn Marko kannte den Weg über das Meer und auch die Osmanen und ihre Sitten. Marko gab ihm Karten und Bücher, um Weg, Menschen und Sitten zu studieren. „Wenn die Zeit reif ist, dann gebe ich dir mein Zauberpferd, den Sarac, es ist klug und erkennt alle Gefahren, aber Du vergiss nie auf die Stimme deines Herzens zu hören, sonst bist du verloren."

Nach einem Monat kam der Letzte der jungen Männer zurück und legte stolz einen Sack auf den Tisch: „Hier Neledica, ich bringe dir nicht nur drei, ich bringe dir 100 goldene Äpfel. Jetzt wirst du meine Frau!" Doch als Neledica mit pochendem Herzen den Sack aufband, purzelten lauter verschrumpelte Äpfel heraus, und erleichtert rief sie: „Scher dich zum Teufel, du bist ein Lügner, so einen will ich nicht!"

Derweil war Gruica schon unterwegs und ritt gen Osten, während Marko über den erfolglosen Brautwerber lachte: „Hast wohl nicht genug bekommen können, du Gierling!"

Sarac flog rasch wie der Wind entlang am Donauufer, dann über Felder und durch Wälder, und weiter ging es in rasendem Galopp bis an das Gestade des Schwarzen Meers. Dieser Weg war der längere und beschwerlichere, aber dafür gab es hier keine Wegelagerer. Es war ein kalter Winter, und kleine Eisschollen trieben auf dem Meer, doch Sarac brachte Gruica sicher ans andere Ufer. Schon nach einem Tagesritt erblickte Gruica den Apfelbaum, ein kleines Bäumchen eigentlich, dachte er, doch voll behangen mit goldenen Äpfeln. Er pflückte drei der sonderbaren Früchte, tat sie in seine Satteltasche, da hörte er eine Stimme: „Willst du deine Braut nicht mit 100 goldenen Äpfel beglücken?" – „Danke nein, drei Äpfel will Neledica, drei Äpfel sind genug!", erwiderte Gruica und er tat gut daran, denn die Äpfel wären bei seiner Ankunft alle verschrumpelt gewesen. Da trat der heimliche Wächter des Zauberbaumes aus seinem Versteck und lud Gruica ein: „Weitgereister Freund, kommt und lasst uns trinken und eine Wette abschließen. Gewinnt Ihr, dann will ich Euch den Zauber des Bäumchens verraten, dann habt Ihr immer goldene Äpfel zu Hause." – „Danke nein, meine Liebste wartet, ich brauche kein Gold und keine Schätze, ich möchte nur ihr Herz gewinnen." Und er tat gut daran, denn von Markos Büchern wusste er um die Sitten im Osten: Ein Zauber bleibt ein Zauber, und wollte man dem Wächter ein behütetes Geheimnis entlocken, bezahlte man mit dem Tod.

Gruica schwang sich in den Sattel und wieder galoppierte das Zauberpferd wie der Wind und wieder brachte es den Reiter ans sichere Ufer des Meeres. Durch Wälder und über Felder gings im rasenden Galopp. Das letzte Stückchen noch über die Donau, dann waren Ross und Reiter wieder zu Hause. Als beide mitten im Strom schwammen, hörte Gruica drei Nixen singen. Sie waren so schön, dass Gruica wie verzaubert war. Er lenkte das Ross zu den Nixen, das Pferd schnaubte und sträubte sich, doch Gruica wollte seinen Willen durchsetzen. Da hörte Gruica die Stimme seines Herzens: „Keine ist schöner als Neledica, keine!“ Und er tat gut daran das Pferd von den Nixen wegzulenken, denn ein gefährlicher Strudel hätte beide in den sicheren Tod gerissen.

Nach all den überstanden Prüfungen erreichten sie wohlbehalten die Stadt Russe, und Sarac trabte nun ein wenig erschöpft zum Tor der Schenke. Gruica trat ein und legte Neledica die drei goldenen Äpfel zu Füßen. „Ich liebe dich, Neledica, willst du meine Frau werden und dein Leben mit mir teilen?“ Die Großmutter, die als einzige die wahren Gefahren dieser Reise kannte, lächelte still und wusste: Ihre Enkelin hatte die richtige Wahl getroffen, denn einst hatte sie dieselbe Aufgabe von ihrem Liebsten verlangt, und die beiden sind ein ganzes Leben lang glücklich miteinander gewesen.

Neledicas tiefblaue Augen strahlten, ihr Herz pochte so laut, dass man es im Nachbardorf hören konnte, ihre Apfelwangen waren purpurrot, und mit freudiger Stimme sagte sie: „Du bist mutig und besonnen, du bist klug und pfiffig und du hast ein Herz aus Gold. Gerne will ich dir das meine schenken und mein Leben mit dir teilen.“

Am nächsten Sonntag war Hochzeit, auch ich war dort, habe gegessen und getrunken, und wenn ich nur daran denke, läuft mir sofort das Wasser im Munde zusammen.

DARIA BIEZUNSKI-VITÁSEK

Der Prinz aus dem Kürbis

Ich bin ja wirklich viel unterwegs, war schon in aller Herren Länder, aber was ich in der Stadt Breznik zufällig gehört habe, das ist wirklich unerhört.
Ich saß Mittags vor dem Wirtshaus in Breznik in der Sonne und wollte mir gerade meine Jause bestellen, als ein fremder, aber lustiger Geselle vorbeikam und sich zu mir gesellte.

Ich lud ihn ein mit mir zu essen, was er auch sehr dankbar annahm. Er sei auf der Walz und seit einer Woche habe er nicht oft und schon gar nicht viel in den Magen bekommen. Hier und da lud ihn wer ein, ein Stück mitzufahren oder gab ihm ein Stück Wurst, aber die Jause, die gerade an unseren Tisch serviert wurde, ließ ihm das Wasser im Mund zusammenlaufen, und ich genoss es, ihn schmausen zu sehen.

Dafür war er sehr dankbar und verriet mir, dass er nebenberuflich ein echter Märchenerzähler sei.

„Das ist hervorragend!", rief ich, „dann kannst du mir nach der Jause das außergewöhnlichste, unglaublichste Märchen erzählen, das du kennst."

„Oh, da wirst du nicht enttäuscht sein. Gerade vor kurzem habe ich in Silistra an der Donau, wo ich gerade herkomme, die verrückteste Geschichte gehört."

Er trank nach dem Essen noch ein Bier und dann begann er die Erzählung.

Einst lebten eine alte Frau und ein alter Mann in einem kleinen Häuschen mit einem kleinen Garten. Sie liebten ihre Pflanzen, pflegten und hegten sie und waren glücklich über jede Frucht, die ihnen der Garten bescherte.

Ihre Nachbarn schüttelten über die Alten nur die Köpfe, denn sie schienen ihnen seltsam: Die beiden grüßten zwar alle, wie es sich gehört, aber nie verwickelten sie sich in Gespräche, niemals gaben sie den gerüchtegierigen Nachbarn einen Anlass, sich über sie im guten, noch im schlechten die Mäuler zu zerreißen.

Deswegen wusste auch niemand, dass sich beide sehnlichst Kinder wünschten.

Als die Frau vor einigen Jahren schon 100 graue Haare bei sich und ihrem Mann zählte, gab sie schließlich auf und beschloss, sich nur noch um ihren Garten zu kümmern. Diese Früchte sollten ihre Kinder sein. Sie und ihr Mann gerieten in Verzückung, wenn sie die Pflanzen wachsen und die Früchte reifen sahen. Ganz besonders hatte es der Frau ein Flaschenkürbis angetan. Das runde Bäuchlein und der lange schlanke Hals der Frucht gefielen der Frau außerordentlich, so dass sie oft daneben saß und ihren „Kratunscho", das ist die Koseform für Flaschenkürbis auf Bulgarisch, streichelte.

Zu diesem Zeitpunkt fand ich, dass bei der Erzählung etwas nicht stimmen konnte. Eine Frau, die Kürbisse streichelt? Ich habe zwar schon von Menschen gehört, die mit ihren Pflanzen reden, aber Kürbisse streicheln ist mir noch nicht untergekommen.

Der Märchenerzähler fuhr fort.

100 Tage nach dem Aussähen werden die Kürbisse geerntet. Der Frau zersprang fast das Herz bei dem Gedanken, dass ihr Kratunscho womöglich als Kürbissuppe oder Kürbisstrudel enden sollte. Da tat sie etwas Unerhörtes: Um ihn zu schützen nahm sie Kratunscho mit in ihr Bett. Ihr Gatte war sehr erstaunt als auf einmal eine Riesenkugel mit einem langen Hals zwischen ihm und seiner Frau lag. Aber er ließ sie gewähren, denn er hatte bemerkt, wie glücklich Kratunscho sie machte. Bei sich dachte er: „Besser so, als wenn sie traurig ist. Schaut ja auch schön aus, ihr Kratunscho. Wenn er dann welk wird, wird sie ihn schon beiseitegeben."

Nun geschah aber noch etwas weit mehr Unerhörtes.

Nach der ersten Nacht im Bett des Paares setzte die Frau Kratunscho zum Frühstückstisch und er trank ein Glas Milch.

Das Gesicht des Mannes hätte ich gerne gesehen, aber ich wollte den Märchenerzähler nicht unterbrechen.

Seine Frau war weniger befremdet, denn sie spürte schon, dass es mit Kratunscho etwas Besonderes auf sich hatte.

Nach dem Frühstück gingen alle drei in den Garten. Kratunscho rollte eher, als dass er ging, aber er blieb die ganze Zeit bei der Frau, nur ab und zu rollte er zum Mann, er musste sich erst langsam mit ihm anfreunden.

Kratunscho erwies sich als ausgesprochen anhänglich und brauchte seine Streicheleinheiten. Er mochte es besonders an der Stelle auf der linken Seite, bei der die Rundung in den langen Hals übergeht, gekrault zu werden.

So vergingen die Jahre. Kratunscho verwelkte nicht, trocknete nicht aus, er blieb immer derselbe, und seine Eltern, denn als solches fühlte sich das inzwischen fast greise Paar, hatten eine große Freude mit ihm.

Die argwöhnischen Nachbarn aber hatten endlich einen Anlass, um über sie zu lästern. Sie erzählten die Geschichte der unerhörten Familie, wo immer sie hinkamen. So erfuhr auch der König davon, und da er sehr neugierig war, beschloss er, sich selbst ein Bild zu machen.

Nachdem er Kratunscho durch den Zaun beobachtet hatte, wollte er ihn besitzen. Ein lebendiger Kürbis, das fehlte noch in seiner Sammlung am Hof. Denn der König hatte die Angewohnheit, die aberwitzigsten und unglaublichsten Dinge zu sammeln. Gelehrte und Neugierige reisten von weit her an, um sein Potpourri an Außergewöhnlichkeiten zu bestaunen. Das ganze Königsschloss glich einer Kuriositätengalerie am Rummelplatz. Ein lebendiger Kürbis wäre das Schmuckstück seines Sammelsuriums!

Er betrat den Garten der Alten und sah sich mit strenger Miene um. Die zwei Greise gemeinsam mit Kratunscho begrüßten ihn.

„Eure Majestät, wie schön, Sie bei uns willkommen heißen zu dürfen! Möchten Sie unseren Garten sehen? Es ist sicher der schönste in dieser Gegend!"

„Nein, euren Garten möchte ich nicht sehen, aber diesen Flaschenkürbis, der da zu euren Füßen hopst, den würde ich gerne mitnehmen! Denn ein solcher Kürbis gehört an den Königshof und nicht in einen Garten in der Provinz!"

Kratunschos Eltern gefror augenblicklich das Blut in den Adern. Der König wollte ihnen ihren liebsten Kratunscho wegnehmen! Das wollten sie nicht zulassen.

„Eure Majestät! Er ist unser Ein und Alles! Das dürfen Sie nicht!"

„Ich bin der König, ich darf alles!", sprach der König. Er hatte jedoch ein wenig Mitleid mit den beiden, schließlich war er kein Tyrann, deshalb gab er ihnen noch eine letzte Möglichkeit, Kratunscho zu behalten: „Wenn ihr es jedoch schafft, meine verwöhnte Tochter davon zu überzeugen, dass sie den Flaschenkürbis als Bräutigam akzeptiert, dann dürft ihr ihn behalten!"

Das war unerhört! Der König wollte seine einzige Tochter mit einem Kürbis verheiraten? Warum? Was dachte er sich dabei?

Nun, die Wahrheit war, dass der König keinen Augenblick daran zweifelte, dass seine verwöhnte Tochter das Gemüse sofort ablehnen würde, und somit wäre ihm der Kürbis sicher und seine Tochter würde er auch bei sich behalten können.

Die Alten mussten einwilligen, was blieb ihnen denn übrig? Sie baten den König noch, dass seine Tochter einen ganzen Tag und eine ganze Nacht bei ihnen bleiben sollte, damit sie Kratunscho zumindest ein wenig besser kennenlernen könnte. Der König willigte ein.

Am nächsten Morgen erschien die Prinzessin in einer Kutsche und verzog sofort unwillig ihr Gesicht, als sie das kleine Haus, den kleinen Garten und vor allem den fröhlich hüpfenden und mit seinem langen Hals wackelnden Kratunscho erblickte. „Wie soll ich hier einen ganzen Tag verbringen? Ein hüpfender Kürbis, zwei Greise, was werde ich nur den ganzen Tag machen?", dachte sie bei sich. Sie setzte sich auf die Bank vor das Haus und schaute gelangweilt in die Gegend.

Sofort sprang Kratunscho auf ihren Schoß und kuschelte sich an sie. „Unerhört!", dachte die Prinzessin gerade noch, als sie spürte, wie Kratunscho sich an ihre linke Brust anschmiegte und auf ihr Herz horchte und... Ja, mit Kratunscho hatte es tatsächlich etwas Besonderes auf sich: Ein Schauer durchlief die Prinzessin und sie sah auf einmal nicht den Flaschenkürbis, sondern einen Prinzen vor sich. Beim nächsten Blick war aber Kratunscho wieder da. Verwundert stand die Prinzessin auf und ging mit Kratunscho an ihrer Seite im Garten spazieren.

Sie verbrachten den ganzen Tag gemeinsam, und die Prinzessin mochte den kleinen Flaschenkürbis. Sie war dennoch weit davon entfernt, ihn als ihren Bräutigam anzunehmen. Das wäre doch unerhört: Eine Prinzessin verheiratet mit einem Kürbis! So etwas konnte es nicht geben.

Da sie aber auch Mitleid mit Kratunscho hatte, sie wusste ja, was ihr Vater für Pläne hegte, nahm sie ihn auch mit in ihr Bett.

Und...

Am nächsten Morgen war die Prinzessin wie ausgewechselt: Sie trug Kratunscho in ihren Armen und küsste ihn unentwegt. Als der König erschien, um Kratunscho und die Prinzessin abzuholen, verweigerte die Prinzessin die Rückkehr ins königliche Schloss.

„Vater, ich bleibe hier! Ich fühle mich hier sehr wohl und möchte meine zukünftigen Schwiegereltern besser kennenlernen, bevor wir eine Familie werden."

Der König fiel fast vom Pferd. Das war ja unerhört! Seine kluge und wunderschöne Tochter hatte tatsächlich vor, den Kürbis zu heiraten, mit dem er ganz andere Pläne hatte. Er konnte es nicht fassen und galoppierte mit seinem Gefolge davon.

Die Prinzessin blieb bei Kratunscho, entdeckte ihre Liebe zur Gärtnerei und war sehr glücklich. Bis eines Tages ihre enttäuschten Eltern nächtens vorbeikamen und durch das Fenster des Schlafzimmers zur Prinzessin hineinspähten. Jetzt wussten sie um das Geheimnis: Kratunscho war ein verzauberter Prinz!

Nun erschien ihnen die Entscheidung ihrer Tochter nicht mehr abwegig. Im Gegenteil, sie freuten sich, dass sie sich für die Liebe und gegen Reichtümer entschieden hatte. Es imponierte ihnen so sehr, dass sie am folgenden Tag das kleine Haus mit dem kleinen Garten besuchten und Kratunscho und die Prinzessin segneten.

Das war auch wirklich außergewöhnlich: Eltern wollen oft nicht die Entscheidungen ihrer Kinder akzeptieren, auch wenn sie ahnen, dass sie selbst unrecht haben. Gerade Könige in Märchen sind ziemlich uneinsichtig, dieser aber war es nicht und das war auch wirklich unerhört!

Damit war aber der Zauber gebrochen: Kratunscho verwandelte sich augenblicklich in den edlen Prinzen. Er nahm seine beiden greisen Eltern und seine Braut in das Königreich jenseits der Berge, und alle lebten dort glücklich, und wenn sie nicht gestorben sind, dann leben sie noch heute. Und wenn sie doch gestorben sind, dann ist vielleicht ein anderer Flaschenkürbis aus dem Garten der Alten durch Einsicht und Toleranz wieder zu einem Prinzen geworden und ist auch in sein Königreich, wo immer es war, gelangt. Undsoweiterundsoweiterundsoweiter.

Als der Märchenerzähler fertig war, dachte ich mir, dass es vielleicht gar nicht so unerhört sei, einen Kürbis zu heiraten, wenn dabei ein Prinz herauskommt. Und dass sehr oft etwas anderes innen drinnen steckt, als es von außen sichtbar ist.

RAMONA TARKA

Slavejko und der Drache

Es lebte einmal in einem Dorf ein schönes und fleißiges Mädchens namens Lula, das mit dem tapferen Slavejko verlobt war. Für die Hochzeit brauchte das Paar noch Sachen aus der nahe gelegenen Stadt, doch weil sich in letzter Zeit der schreckliche Drache wieder in der Gegend herumtrieb, war der Weg gefährlich, und Slavejko ließ seine Braut lieber daheim auf ihn warten.

Er drehte sich noch ein letztes Mal um und schärfte Lula ein, sich draußen auf keinen Fall blicken zu lassen, betastete das Geld in seiner Tasche und machte sich auf den Weg. Das brave Mädchen putzte den Herd, schrubbte den Kessel und kochte das Mittagessen, und weil die Sonne immer noch lieblich schien, ging sie doch für ein paar Augenblicke hinaus in den Garten. Wie groß war aber ihr Schrecken, als sie eine schwarze Wolke über das Haus ziehen sah! Sie wollte wieder hineinlaufen, doch die Wolke teilte sich blitzschnell entzwei und heraus flog ein schrecklicher Drache direkt auf sie zu. Er packte die schreiende Lula und verschwand mit ihr in seiner Wolke.

Als Slavejko am Abend ins Dorf kam und von dem Schicksal seiner Geliebten erfuhr, warf er die schönen Sachen, die er für die Hochzeit gekauft hatte, in den Staub und schwor, er werde seine Braut wieder heimbringen. Er kehrte also um, ging schnurstracks zur Wiese auf der schattigen Seite des Dorfes und betrat ohne zu zögern den verbotenen Pfad, der direkt in die Wolken führte. Der Weg war neunmal so lang und neunmal so schwer wie der Weg in die Stadt, doch am Ende des Tages stand Slavejko vor dem Schloss des Drachen. Er fand sogar noch genug Kraft, um auf die Mauer zu klettern und von dort aus in den Garten zu spähen.

Es traf sich aber so, dass der Drache wieder einmal auf einem seiner Streifzüge war und sich im riesigen, üppigen Garten nur Mädchen aufhielten. Es waren sterbliche Mädchen, das konnte Slavejko aus seinem Versteck deutlich sehen, auch wenn ihm ihr Verhalten etwas merkwürdig vorkam. Die Schönen beklagten sich nämlich überhaupt nicht und vergossen keine einzige Träne, sondern spazierten zu zwei oder zu dritt und schienen in Gesprächen vertieft. Dass diese Menschenkinder nicht über die Mauern flohen, konnte an den kräftigen Drachenfrauen liegen, die ringsherum standen und die Schönen bewachten. Aber dass die Mädchen vergnügt ausschauten und sogar in Gelächter ausbrachen, das konnte Slavejko schon nicht mehr verstehen. Als drei solcher lustigen Geschöpfe an seinem Versteck vorbeigingen, lehnte sich Slavejko nach vorne und spitzte die Ohren.

„Mein neues Lied wird ihm sicher gefallen!“, sagte gerade ein Mädchen mit langen, blonden Haaren. „Ich singe viel besser als die Heisere gestern Abend!“

„Genau“, sagte darauf die Zweite, eine ganz schlanke. „Und ich werde zu deinem Lied tanzen, das kann ich sehr gut.“

„Ich habe für ihn einen Kuchen gebacken“, sagte die Dritte, ein Mädchen mit niedlichen Kulleraugen. „Meine Mutter sagt immer, die Liebe eines Mannes geht durch den Magen. Und auch wenn der Drache kein Mann ist, einen Magen hat er sehr wohl, sogar einen großen!"

„Nun ja, er wird deinen Kuchen verschlingen, während ich ihn mit meiner Stimme verzaubere", sagte wieder die Blonde. „Da weiß ich schon jetzt, wer von uns beiden gewinnt."

„Und ihr werdet staunen, wenn er sich in meinen Tanz verliebt", sprach die Schlanke.

Währenddessen waren die drei weitergegangen, und Slavejko wäre von der Mauer fast hinuntergefallen, um die letzten Worte zu hören und ein klein bisschen auch vor Schrecken. Denn ich muss zugeben, so tapfer Slavejko auch war, etwas Angst verspürte er schon, als er verstand, dass die drei Menschenkinder um die Gunst des furchtbaren Drachen wetteiferten.

„Meine liebe Lula vermisst mich aber ganz sicher, sie wird keine Augen für einen Feuer speienden Drachen haben", ermutigte sich der tapfere Slavejko selber und hielt nach einem Ort Ausschau, wo sich ein Mädchen aufhalten konnte, das nicht aus freien Stücken da war. Im hinteren Ende des Gartens sah er einen Turm mit ganz kleinen Fenstern. Er schlich behutsam dorthin, und wahrlich: Durch das allerkleinste Fenster sah er seine Verlobte, die allein vor einem Webstuhl saß und webte.

„Lula, liebe Lula!", rief Slavejko, laut genug, dass ihn das Mädchen hören konnte und dennoch leise. „Ich bins, Slavejko, ich will dich befreien!"

Bei diesen Worten sprang Lula auf und eilte zum Fenster. Slavejko streckte die Hand aus, um ihr durch das Fenster zu helfen, doch Lula ging einen Schritt rückwärts und sprach: „Ei, Slavejko, du hast mich gefunden! Ich muss nur noch schnell das Gewand fertigweben, das der Drache von mir haben will!"

Umsonst redete Slavejko auf seine Verlobte ein, umsonst erinnerte er sie an ihre bevorstehende Hochzeit und an ihre große Liebe: Lula weigerte sich zu flüchten, bevor sie das Geschenk für den Drachen gewebt hatte. Vor Verzweiflung wusste Slavejko weder aus noch ein, doch weil das Fenster zu klein war, um hineinzuklettern, konnte er nichts anderes tun, als zu warten.

Der Abend kam und aus seinem Versteck heraus konnte Slavejko beobachten, wie die Mädchen nach und nach den Garten verließen. Als auch die letzte von ihnen den großen Saal des Schlosses betreten hatte, zog eine dunkle Wolke auf und daraus erschien der furchtbare Drache. Er flog direkt auf ein beleuchtetes Fenster zu und ließ sich auf einen goldenen Sessel nieder. Kaum hatte er sich gesetzt, versammelten sich die Mädchen um ihn rundherum und begannen ihn lauthals zu loben, wie groß und stark er sei, wie gut aussehend und anmutig! Slavejko musste zugeben, dass der

Drache sowohl groß wie auch stark war, doch gut aussehend und anmutig? Als auch seine geliebte Lula erschien und mit süßer Stimme verkündete, „dem gutherzigen, lieblichen Drachen“ ein Gewand gewebt zu haben, wusste Slavejko, dass etwas nicht stimmte: Diese Mädchen waren alle verzaubert, wenn sie in dem Drachen etwas ganz anderes sahen, als dieser in Wirklichkeit war!

Lula kam noch dazu, dem Drachen das Gewand um die Schultern zu legen, als die Tür zum großen Saal aufflog und Slavejko hereintrat. Die blonde Sängerin hielt ihren Atem an und die Tänzerin blieb auf einem Bein stehen, als sie den Jüngling hereinkommen sahen und der Drache, der gerade den ersten Bissen Kuchen im Mund hatte, verschluckte sich und schaute den Eindringling ungläubig an.

„Ich bin gekommen, um euch alle zu retten!“, rief Slavejko und schaute sich erwartungsvoll um. „Vor diesem ... ähm... schrecklichen Drachen!“

Fast alles hätte der Jüngling erwartet, nur eines nicht: dass die Mädchen, für die er sein Leben aufs Spiel setzte, in Gelächter ausbrachen! Die Sängerin lachte, dass ihr die blonden Locken nur so herumflogen, die Tänzerin hielt sich vor lauter Lachen den kleinen Bauch fest, und sogar Lula, die liebe Lula, schmunzelte mit strahlenden Augen.

„Er hat euch alle verzaubert!“, ließ Slavejko nicht locker und durchbohrte den Drachen mit strengem Blick. „Er ist ein Drache. Er spuckt Feuer und ist einfach nur furchtbar. Seine Augen sind rot, sein Maul voller spitzer Zähne und riesig, und schaut, er hat Krümel auf seinem neuen Gewand!“

Die Mädchen kicherten noch eine Weile, doch die Blicke, die sie dem Drachen zuwarfen, der immer noch auf seinem goldenen Sessel saß und sich wahrscheinlich dringend ein Glas Wasser wünschte, wurden allmählich anders.

„Es stimmt“, sagte Lula schließlich, „er hat Krümel auf seinem neuen Gewand.“

„Kuchenkrümel“, sagte die Kleine mit den Kulleraugen. „Er hat meinen Kuchen zerbröselt!“

„Wenn er weiterhin Kuchen isst, wird er träge und fett“, sagte die Tänzerin und verzog das Gesicht.

„Was redet ihr da? Es ist unser Herr und Gebieter“, sagte die blonde Sängerin, doch sie klang nicht mehr ganz überzeugt. Der Drache, der es inzwischen geschafft hatte, den tückischen Bissen Kuchen hinunterzuwürgen, sprang aber auf und stürzte sich auf Slavejko, der sich in letzter Sekunde hinter eine Statue rettete.

„Und? Hat der Marmor nicht mehr gereicht, damit diese Statue auch Kleider bekommt?“, fragte Slavejko und lugte hinter der nackten Schulter hervor.

Der Feuerball, den der Drache als Antwort ausspuckte, hätte den Jüngling sicher am lebendigen Leib verbrannt, wäre dieser nicht schnell hinter einem riesigen Blumentopf geflüchtet.

„Nur zu, spuck weiter, wenn du gebratene Blumen magst!“, sagte Slavejko und man konnte den Spott in seiner Stimme nicht überhören. Der Drache spuckte also erneut furchterregende Flammen aus, und Slavejko änderte erneut sein Versteck, wobei er seinen Gegner verspottete, und er machte es wieder und wieder, bis von dem prunkvollen Schloss des Drachen nicht mehr viel übrig blieb. Als Slavejko dann sicher war, dass alle Mädchen Zeit gehabt hatten, in den Garten zu flüchten, versteckte er sich mit einem gewagten Sprung hinter dem goldenen Käfig, in dem eine weiße Taube lag. Der Drache schickte ihm gleich einen Feuerball hinterher, schäumend vor Wut und ohne zu denken, was er da machte. Erst als die weiße Taube aufloderte und sich in Asche verwandelte, verstand der Drache, dass ihn Slavejko aufs ärgste reingelegt hatte: Denn in der weißen Taube steckte die Zauberkraft, mit der der furchtbare Drache die Mädchen alle verzaubert hatte, und sogar die ganze Stärke und der ganze Wille des Drachen steckten darin!

Weil sich das Feuer schon überall ausbreitete und die Rauchschwaden das ganze Schloss füllten, lief Slavejko hinaus, fand seine Lula und lief mit ihr Hand in Hand den langen Weg nach Hause hinunter. Die anderen Mädchen folgten ihnen alle bis zur großen Weggabelung und zerstreuten sich dann, denn plötzlich wollte jedes nach Hause, um die lieben Eltern und die Geschwister zu trösten, die ihnen sicher nachweinten.

Slavejko aber kehrte mit Lula in ihr Dorf zurück und weil sie niemandem so haargenau erzählten, was sich im Schloss des Drachen zugetragen hatte, nennen ihn seitdem alle nur noch „Slavejko, den tapferen Drachentöter, der den furchtbaren Drachen im Zweikampf besiegt hat“. Und so falsch ist das nun mal auch nicht.

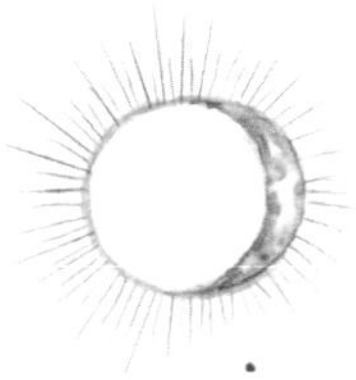

So viele Kilometer wie die Donau durch Rumänien fließt, nämlich 1075 km, mindestens so viele Legenden kenne ich aus dieser Gegend. Zum Beispiel: „Wenn ein Komet vom Himmel fällt, geben Kühe, Schafe und Ziegen verdorbene Milch, sobald sie von der Weide fressen“, soll der Hirte Bucur, Begründer der Stadt Bukarest, einmal gesagt haben. In jeder Legende steckt ein Körnchen Wahrheit, aber wie findet man dieses Körnchen? Ich suchte in den Universitäten, in den Kirchen, in alten Schriften und fand unglaublich Interessantes, aber die Antwort auf meine Frage fand ich nicht. Plötzlich riss mich ein bezaubernder Klang, aus meinen Gedanken, ein Klang als ob ein Vogel aus höchster Höhe seine Sehnsucht in den Himmel pfeift, begleitet von einer zarten Windmelodie. Neugierig folgte ich meinem Ohr und staunte nicht schlecht, als ich die Quelle des Klanges fand:

„Wie schön du die Panflöte spielst“, lobte ich den Knaben, der keine sechs Jahre alt war und wie ein alter Meister die Flöte der Hirten blies. Der Naseweis lachte: „Das ist doch eine Nai.“ – „Und woher hast du die?“ – „Die hat mein Großvater gemacht, aus Holz. Man kann sie aber auch aus Ton, Schilf oder Knochen machen.“ Während wir beide uns unterhielten, bot der kleine Kerl mir von seiner Mămăliga an, der rumänischen Polenta, und verlor niemals seine Herde aus den Augen. „Du kluger Hirte, ich hab gehört, wenn ein Komet vom Himmel fällt, geben Kühe, Schafe und Ziegen verdorbene Milch – ist das wahr?“

„Das ist doch nur eine Legende. Aber mein Großvater hat gesagt, dass in jeder Legende ein Körnchen Wahrheit steckt, also lassen wir die Tiere nicht auf die Weide raus und füttern sie lieber im Stall.“

GYÖRGY BUDA

Die verlorene Sonnenwärme

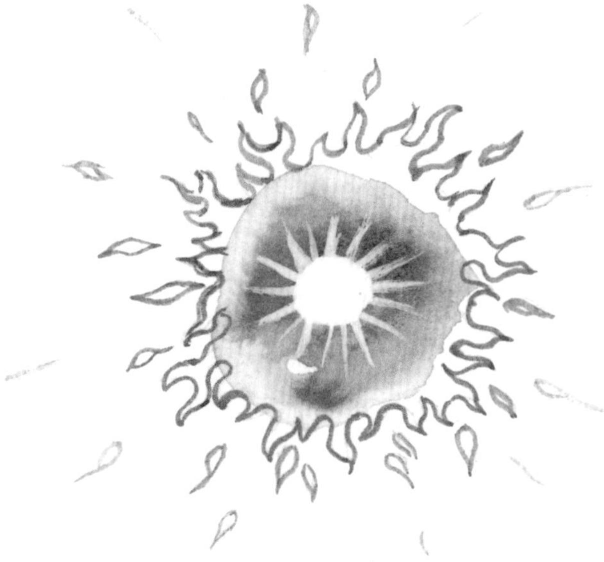

Es war einmal ein König, der hatte kein Schloss, aber eine zauberhafte Tochter. Sie liebte Janko, den Pferdeknecht des Königs. Der König aber wollte sie an einen fremden Prinzen verheiraten. Dazu brauchte er aber ein Schloss, und er zwang seine Knechte, Bauern und Handwerker, ihm in harter Fronarbeit ein Schloss zu erbauen, was diese auch taten, allerdings nahmen ihre bitteren Seufzer der Sonne die Kraft, ihren hellen Strahlen auch Wärme zu geben.

Nun hatte der König ein Schloss, aber er konnte noch immer keinen Prinzen einladen, denn warm war es im Schloss nur um den Herd, wo seine Tochter für ihn kochte, und im Stall, wo Janko die Pferde striegelte und pflegte.

Die Prinzessin aber wusste, warum die Sonnenstrahlen ihre Wärme verloren hatten und wer die Wärme nun besaß, und sie wusste auch, wer sie für sie holen sollte, damit sie keinen fremden Prinzen heiraten musste. Sie sprach zu ihrem Vater, der in winterliche Pelze gehüllt beim Herd saß: „Mein königlicher Vater, ohne Wärme geht unsere Saat nicht auf, und wenn der Winter kommt, verenden Mensch und Tier kläglich."

Das war dem König schon die ganze Zeit bewusst, und er hatte schon aufgehört, auf Besserung zu hoffen. Er seufzte nur und setzte sich näher an den Herd.

„Doch wenn du es mir erlaubst, will ich der hellen Kälte ein Ende bereiten und dann heirate ich den Prinzen meiner Wahl", sagte die Prinzessin.

„Wenn du das schaffst, liebe Tochter, rettest du mich, meine Krone und mein Reich. Du hast meinen Segen!"

Die Prinzessin lief sofort zu Janko, umarmte ihn und sagte: „Mein Lieber, vertraue mir, tu, was ich dir sage, und wir heiraten noch vor Neumond!"

Janko küsste sie glücklich und wollte alles tun, was sie zusammenbringen würde. Sie brachte ihm ein Pferd, dem sie ins Ohr flüsterte, wohin es ihn zu bringen hätte. Das Pferd nickte, es hatte alles verstanden. Janko aber bat sie, alles zu tun, was ihnen nutzen würde. So zog er los.

Er übernachtete in einem Wirtshaus am Fluss. Dort gab ihm die Wirtin am nächsten Morgen eine Weidenrute, die Janko dankbar einsteckte. Er ritt den ganzen Tag weiter und nächtigte abends in einem Wirtshaus in den Bergen. Hier gab ihm die Wirtin am nächsten Morgen einen schönen Kieselstein, er würde ihn sicher brauchen können. Dann ritt er weiter und verbrachte die Nacht in einer Herberge am See. Hier schließlich gab ihm die Wirtin ein Schilfrohr mit, so etwas kann oft recht nützlich sein.

Das nächste Haus, in das ihn sein Pferd brachte, war das Heim des dreiköpfigen Drachen. Dieser bewahrte die Wärme der Sonnenstrahlen in einer Satteltasche aus feinstem Leder auf. In der ganzen Umgebung war es wohlig warm, woran sich der Dreiköpfige schon sehr gewöhnt hatte. Freilich wusste er, warum Janko zu ihm gekommen war, und er forderte ihn gleich zum Zweikampf. Ja, er fühlte sich dem Unbewaffneten bei Weitem überlegen, doch hatte er die Rechnung ohne dessen Geschenke gemacht. Janko verteidigte sich mit seinem Schilfrohr, und siehe da, auf einmal war es ein scharfes Schwert, das dem Dreiköpfigen gleich einen seiner Köpfe nahm. Janko schnappte sich die Satteltasche mit der Sonnenwärme, sprang auf sein Pferd, und schon jagten sie davon.

Der zweiköpfige Drache erholte sich schnell vom Verlust seines dritten Kopfes und folgte ihnen wütend. Da sprach das Pferd zu Janko: „Nun ist es an der Zeit, den Kieselstein zu werfen!" Janko warf ihn hinter sich, und aus dem Kieselstein erwuchsen hohe Felsen und Zacken, und schon hörten sie hinter sich einen Bergsturz rumoren, der dem Zweiköpfigen einen seiner Köpfe zerschmetterte. Der Drache brauchte aber nicht lange und schon folgte er ihnen noch wütender. Sie sahen bereits das königliche Schloss, doch konnten sie es nicht erreichen, ihr Verfolger war schon zu nahe. Da sprach das Pferd wieder zu Janko: „Nun ist es an der Zeit, dich von der Weidenrute zu trennen!" Janko ließ die Rute fallen und daraus entstand hinter ihnen ein dichter Wald mit riesigen Bäumen, von denen einer mit lautem Krachen umstürzte und den einköpfigen Drachen mitsamt seinem restlichen Kopf erschlug.

Als nun Janko durch das Tor des Schlosses ritt, öffnete er die Satteltasche und gab den Sonnenstrahlen ihre Wärme zurück. Die Prinzessin zog ihren Vater zum Fenster, durch das die helle Wärme hereinflutete, und zeigte auf Janko.

„Siehe, mein königlicher Vater, hier kommt der Prinz meiner Wahl, der der Kälte ein Ende bereitet und dich, deine Krone und dein Reich gerettet hat. Nun gib uns deinen Segen!"

Der König willigte mit Freuden ein, warf die Pelze von sich und ließ die beiden noch vor Neumond heiraten. Als die Prinzessin dem König erzählte, wie er die Wärme der Sonnenstrahlen verloren hatte, lud er zur Hochzeit seine Knechte, Bauern und Handwerker ein und erließ ihnen alle Steuern auf ein Jahr. So weit das Märchen.

Wenn ihr aber einkehrt bei der Weidenwirtin, der Kieselwirtin oder der Schilfwirtin, dann wisst ihr, woher sie ihre Namen haben.

GORAN NOVAKOVIĆ

Verzauberte Schwiegersöhne

Jeder Vater liebt seine Töchter und ist um ihre Zukunft besorgt. So ist es heute und so war es in alten Zeiten. Wenn damals die Töchter im heiratsfähigen Alter waren, wollte der Vater aber auch darüber entscheiden, wen sie heiraten sollten, das ist heute gottseidank nicht mehr so!

Es lebte also vor vielen Jahren ein wohlhabender und angesehener Gutsherr namens Marko. Er hatte drei wunderschöne Töchter, die er über alles liebte. Die Burschen aus der Umgebung, aber auch aus entfernten Fürstentümern, wollten um die Mädchen werben, aber Herr Marko befand, dass kein Mann gut genug für seine Lieblinge sei. Und ein Leben ohne seine Töchter konnte er sich gar nicht vorstellen.

Die Mutter der schönen Mädchen machte sich natürlich Sorgen. Sie wollte, dass ihre Kinder glücklich werden, den richtigen Mann bekommen, gesunde Kinder haben und nicht wie alte Jungfern enden. In dieser alten Zeit gehörte es sich aber nicht, dass eine Frau gegen den Willen ihres Mannes etwas sagt oder gar macht. Das ist heute gottseidank auch nicht mehr so!

Eines Tages ging Markos Frau, zusammen mit der ältesten Tochter in die nahegelegene Ortschaft zum Markt, um die Waren seines Gutes zu verkaufen: herrlichen Schinken und Käse. Auf dem Rückweg passierte etwas Unglaubliches: Es tauchte ein riesiger Bär auf, schnappte sich das Mädchen, warf sie auf seinen Rücken als ob sie eine Puppe wäre und lief davon. Die arme Mutter war so überrascht, dass sie eine Weile brauchte, um wieder zu sich zu kommen. Doch Mütter, die ihre Kinder beschützen wollen, entwickeln übermenschliche Kräfte, das war schon immer so. Deshalb verfolgte die Mutter in einem Höllentempo den Räuber ihres Kindes, als sie auf einmal ein prächtiges Schloss vor sich sah. Vor dem Tor erwartete sie schon der Bär.

„Deine Tochter wird heute Nacht meine Frau werden. Du bist natürlich herzlich eingeladen. Erhol dich, zu essen und zu trinken gibt es genug, und heute Nacht kannst Du auch hier übernachten. Aber deine Tochter bekommst du nicht mehr zurück." Der Frau blieb nichts anderes übrig, als die Einladung des tierischen Schwiegersohns anzunehmen. Als sie an der langen Tafel saß und das Brautpaar den Saal betrat, traute sie ihren Augen nicht. Kein Bär führte ihre Tochter am Arm, nein: Ein wunderschöner Prinz hielt lächelnd die zarte Hand ihrer glücklich strahlenden Tochter. Er war wunderschön, elegant, klug und sehr freundlich, davon konnte sich die Mutter in jener Nacht überzeugen. Der verzauberte Prinz, der nur für wenige Stunden rund um Mitternacht seine Menschengestalt annehmen durfte, erzählte ihr: „Die böse Hexe am Rande unseres schönen Reiches hat mich und meine zwei Brüder verhext. Berichte deinem Mann davon, denn Eure liebreizenden Töchter und sein Mut könnten uns erlösen."

Am nächsten Morgen war der Prinz verschwunden, und der gewaltige Bär schulterte seine Schwiegermutter und brachte sie zum Waldesrand.

Zu Hause erzählte die Mutter, was sich zugetragen hatte. Herr Marko war fassungslos und rief: „Wo finde ich das Schloss, ich will sofort mein Kind befreien!“

„Lieber Mann, ich habe die Orientierung verloren, ich kann dir nicht sagen, wo das Schloss liegt.“ Marko glaubte seiner Frau nicht und suchte vergebens das Schloss.

Nach kurzer Zeit war wieder Markttag. Herr Marko beschloss, dieses Mal selbst zu gehen und nahm seine mittlere Tochter mit. Nachdem sie alle Waren verkauft und gut verdient hatten, begaben sie sich auf den Heimweg. Der Vater trug ein Gewehr bei sich und hatte immer ein Auge auf seine Tochter. Plötzlich stürzte ein riesiger Adler vom Himmel, packte das Mädchen und flog mit ihm davon. Dem Vater blieb keine andere Wahl, als dem Raubvogel nachzulaufen, denn ein gezielter Schuss auf den Adler wäre für seine Tochter der sichere Tod gewesen. Den Sturz aus dieser Höhe hätte niemand überlebt.

Der Vogel flog weder zu schnell noch zu hoch, so dass Herr Marko ihn nie aus den Augen verlor. Und hinter dem nächsten Berg erblickte er ein Schloss. Hoch oben auf dem Tor hockte der Adler und sprach: „Heute Nacht wird deine Tochter meine Frau. Ich bin – so wie dein erster Schwiegersohn, der Bär – ein verzaubert Prinz. Uns wurde vorhergesagt, dass wir drei Prinzen nur dann wieder in die menschliche Gestalt finden können, wenn wir drei Schwestern heiraten, sonst sind wir alle drei für immer verloren und müssen alle Tage unseres Lebens als Tiere verbringen. Deine Tochter ist hübsch und klug, ich habe sie lange beobachtet, ich will sie glücklich machen. Lieber Schwiegervater, ich lade dich ein, dich bei uns zu erholen, zu essen, zu trinken und zu schlafen. Und mit uns die Hochzeit zu feiern.“

Herr Marko verstand, dass es am besten war, der Einladung seines gefiederten Schwiegersohns zu folgen.

Als er an der langen Tafel saß und das Brautpaar den Saal betrat, traute er seinen Augen nicht. Kein Adler führte seine Tochter in den Saal, nein: Ein wunderschöner Prinz hielt die zarte Hand seiner glücklich strahlenden Tochter. Der verzauberte Prinz, der nur für wenige Stunden rund um Mitternacht seine Menschengestalt annehmen durfte, erzählte seinem Schwiegervater: „Guter Marko, bedenke, deine liebreizenden Töchter und dein Mut könnten uns erlösen.“

Später im Bett dachte Marko: „Meine Jüngste will ich auf keinen Fall an einen tierischen Bräutigam verlieren!“

Zu Hause angekommen, ließ er am nächsten Tag einen Turm erbauen, nein, es war eher eine kleine Festung mit einem winzigen Fensterchen. Dieser Turm sollte Markos jüngste Tochter bewahren und beschützen. Leider vergaß er dabei, dass er ihr damit die Freiheit nahm.

Eines Tages verschwand auch diese Tochter. Der verzweifelte Vater suchte sie überall, auch im Keller. Dort entdeckte er ein breites Loch, ganz sicher von einem Tier ausgebuddelt, das in einen Tunnel führte. Keine Sekunde zögerte der zornige Herr Marko, sondern zwängte sich mühsam mit seinem Gewehr durch den Tunnel. Am anderen Ende erblickte er wieder ein Schloss, an dessen Tor ihn ein rotbrauner Fuchs erwartete und – wenig überraschend – als Schwiegervater begrüßte.

Marko verließ die Hoffnung: Alle drei Töchter waren für ihn verloren, verheiratet mit verwunschenen Prinzen. Da half kein Gewehr, kein Mut, keine Drohung, also ging er zum alten Kräuterweiblein. Sie hatte auf fast alle Fragen eine weise Antwort: „Lieber Marko, wir müssen das Orakel befragen." Darauf braute sie aus Pilzen, Gräsern und kleinen Knochen einen stinkenden Sud, riss Marko drei Barthaare aus und mischte sie dazu. Dann sprach sie – zumindest für Marko – Unverständliches, und plötzlich zischten Flammen aus dem kleinen Kessel und die Alte schrie: „Danke, ihr Waldgeister, danke!" Marko kam aus dem Staunen nicht heraus, auch wenn er dies alles für groben Unfug hielt, so hoffte er insgeheim hier, bei der Alten eine Lösung zu finden, um seine geliebten Töchter zu befreien.

„Deine Schwiegersöhne", begann die Alte, „kannst du nur dann vom Zauber befreien, wenn du das Zauberpulver entwendest, das die böse Hexe unter ihrem Kopfpolster bewahrt. Du musst dich aber beeilen, in drei Nächten und drei Tagen wird die Hexe deine Schwiegersöhne und deine Töchter verspeisen. Nimm dich in Acht, Marko, die Hexe besitzt einen höllischen zweiköpfigen Hund, der das Haus rund um die Uhr bewacht, insbesondere dann, wenn die Alte tief schläft." Die Flammen zischten und loderten, und aus der Tiefe des Orakels sprang auf einmal ein Ring hinaus. Das Weiblein erklärte ihm: „Marko, wenn du diesen Ring verschluckst, verwandelst du dich in einen Floh. So kannst du auf dem Rücken des Hundes in das Haus gelangen. Wie du dort wieder herauskommst, sagt das Orakel leider nicht, das musst du schon alleine bewältigen."

Herr Marko bedankte sich bei der Alten mit vielen Gaben. Nach einem tage- und nächtelangen Fußmarsch gelangte er zum Haus der Hexe. Auf den Pfählen um das Haus waren Menschenköpfe aufgespießt, und überall war es finster und stickig. Der arme Marko sammelte seine ganze Kraft und seinen ganzen Mut zusammen, versteckte sich und wartete. Am Abend hörte er seltsame Geräusche aus dem Wald. Das zweiköpfige Ungeheuer kam mit je einem toten Reh im Maul zwischen den Bäumen hervor. Es lief so schnell, dass Marko gerade nur so viel Zeit blieb, den Ring in den Mund zu stecken und sich im nächsten Augenblick als Floh auf den Rücken des vorbeirasenden Hundes zu schwingen. „Bringst du mir mein Essen", fragte die Alte, deren Magen bereits lauter knurrte als der zweiköpfige Köter. Genüsslich verspeiste sie die Rehe und schlief noch am Tisch sitzend ein. Der Hund schlief daneben, aber nur halb: Die Augen eines Kopfes blieben immer offen. Plötzlich musste sich das stinkende Ungeheuer kratzen, und

Marko fiel auf den Boden. Rasch krabbelte er in das Bett der Hexe und fand das Pulver in einem kleinen schwarzen Säckchen.

Aber wie sollte er jemals an dieser nie schlafenden Bestie vorbeikommen?

Das Glück war jedoch mit ihm: Noch vor dem Morgengrauen verließen Hund und Hexe das Haus, um giftige Kräuter zu sammeln. Sofort spuckte Marko den Ring aus, verwandelte sich zurück, schnappte sich das Säckchen mit dem Zauberpulver und suchte das Weite.

In seiner normalen Gestalt roch Marko aber stark nach Mensch, was die Hexe auch im tiefen Wald bemerkte: „Ich rieche Menschenfleisch!", rief sie und lief ihrer Warzennase folgend los. Gemeinsam mit der Ausgeburt der Hölle nahm sie die Verfolgung auf. Der höllische Hund war Marko dicht auf den Fersen, da erblickte Marko seine drei Schwiegersöhne, den Bären, den Adler und den Fuchs und streute ihnen noch im Laufen das Hexenpulver über die Köpfe, und im nächsten Augenblick erschienen drei Prinzen in ihrer voller Kraft und Macht. Sie zerstückelten den Hund mit ihren scharfen Schwertern. Die alte Hexe versuchte ihnen zu entkommen, aber sie hatte kein Glück. Die zornigen Brüder töteten die Kanaille und bedankten sich bei ihrem Schwiegervater recht herzlich.

Herr Marko und seine Frau verbrachten noch viele glückliche Jahre mit ihren Töchtern und deren königlichen Gatten.

Aber als Herr Marko sich in die Heiratspläne seiner Enkeltöchter einmischen wollte, meinten alle seine drei Töchter: „Lass gut sein, Vater! Diese Zeiten sind gottseidank vorbei!"

DARIA BIEZUNSKI-VITÁSEK

Danila und Skaraótzki

Es waren einst zwei Brüder, die unterschiedlicher nicht sein könnten: Bogdan, der ältere, war fleißig, besonnen, tüchtig und klug. Er hatte eine schöne Frau und drei Kinder.

Danila, der jüngere hingegen hatte auch eine schöne Frau, acht gemeinsame Kinder und weitere acht verstreut im Dorf. Da er ungeschickt und leichtgläubig war, besaß er inzwischen gar nichts, lebte in den Tag hinein und war seiner lieben Frau und vor allem seinem Bruder lästig. Es verging nämlich kein Tag, an dem er nicht etwas von Bogdan wollte: einmal war's das Pferd, das er brauchte, einmal der Wäschetrog und wieder ein andermal ein Hammer.

Es wäre ja auch alles nicht so tragisch gewesen, wenn Danila nicht auch noch sehr achtlos mit seiner Familie und auch den geliehenen Dingen umgegangen wäre. Nur sehr selten brachte er Geborgtes unversehrt zurück, und ob seine Kinder etwas im Magen hatten oder nicht schien er nicht zu bemerken.

Ich muss euch aber schon auch sagen, dass Danila keine bösen Absichten verfolgte, er war einfach ein Pechvogel und ein Träumer.

Eines Tages hatte Bogdan genug! Er gab Danila einen Rat: „Lieber Bruder! Du musst endlich etwas aus deinem Leben machen! Letzte Woche wolltest du einen Wagen gegen einen deiner prächtigen Ochsen tauschen und kamst ohne beide Ochsen, stattdessen aber mit einem leeren zerrissenen Sack vom Markt zurück. Du lässt dich viel zu leicht übers Ohr hauen! Bald kommt der Winter, wie willst du deine Familie ernähren? Ich kann nicht immer für dich sorgen. Meine Frau und die Kinder brauchen mich auch, und für zwei Familien kann ich nicht aufkommen. Du musst dein Leben selbst in die Hand nehmen! Ich borge dir heute zum letzten Mal mein Pferd. Reite in die Stadt und suche dir eine Arbeit!"

Gesagt, getan: Schon stand Bogdans bestes Pferd vor Danila. Der hatte aber gar keine Lust an einem schönen Herbsttag in der Stadt nach Arbeit zu suchen. Er dachte stattdessen bei sich: „Ich reite mal in den Wald, da wird sich vielleicht auch eine Arbeit finden." Was er sich wohl dabei dachte? Welche Arbeit sollte man schon im Wald finden?

Nun, natürlich gab es keine Arbeit im Wald. Nur Pilze und Waldbeeren fand Danila dort. Und da er auch da sehr ungeschickt vorging, aß er die falschen Beeren und die falschen Pilze, und auf einmal lag er im Moos und träumte die schönsten Träume. Das Pferd lief ihm davon, doch Danila bemerkte es nicht. Einige Stunden später erwachte Danila aus seinem Rausch und wunderte sich, wo denn das Pferd geblieben war. Nach kurzer Suche beschloss er, dass es sich jetzt nicht mehr lohnte, den Gaul weiter zu suchen, denn er war sicher wieder nach Hause gelaufen. Jetzt konnte Danila nicht mehr zurück. Er wollte alle Vorhaltungen Bogdans und die seiner Frau nicht hören und schon gar nicht die traurigen Augen seiner Kinder sehen. So beschloss er, für immer im Wald zu bleiben.Er begann damit, sich einen Unterschlupf zu bauen. Zuerst errichtete er ein Kreuz, um daran Äste für eine Hütte anzulehnen. Da schoss plötzlich ein gehörntes Wesen aus dem Waldboden und funkelte ihn erbost an. Danila fragte unbedarft, was es wollte, nicht ahnend, dass es ein Teufel war. „Du sollst sofort das Kreuz vom Dach unseres Fürsten entfernen!"

Danila verstand kein Wort: „Dach? Fürst? Worum geht es dem hässlichen Kerl?", dachte er bei sich.

Er ahnte nicht, dass sich genau unter ihm der Palast des Fürsten der Finsternis befand und er, ganz typisch für sein Ungeschick, das Kreuz an die höchste Stelle des Daches gesetzt hatte. Das konnte sich kein Teufel gefallen lassen, schon gar nicht Skaraótzki. So wurde der Oberteufel nämlich genannt.

Der ahnungslose Danila antwortete: „Den Teufel werd' ich tun! Scher dich zum Teufel, du Satansbraten! Himmelkreuzunddonnerwetter!"

Das war dem Unterteufel zu viel, er verstand nur Scheren, Braten, Himmelkreuz und flüchtete zu Skaraótzki, um ihm zu berichten, dass da oben wohl der König der Welt stünde, denn er wollte es mit der ganzen Teufelsschar aufnehmen: sie zuerst scheren, dann auf dem Himmelskreuz braten und anschließend irgendetwas mit dem Teufel tun. Ganz blass wurden die Teufel und berieten kurz, was zu tun wäre. Sie beschlossen, dem mächtigen Wesen, das ihr Hab und Gut rauben und sie alle verschlingen wolle, im Kampf entgegenzutreten. Als Preis sollte ein Riesensack Dukaten den Fremden möglicherweise davon abhalten, sie und ihr Reich zu zerstören.

Skaraótzki persönlich erschien vor Danila, erklärte ihm die Situation und forderte ihn zum Duell in drei Disziplinen. Die Wahl des Wettbewerbs überließ er zuerst dem verdutzten Danila. Dieser wusste nicht, wie ihm geschah, denn jetzt erkannte er die Lage und auch seinen Gegenüber: Das konnte nur Skaraótzki sein.

„Was hat uns die Mutter immer erzählt, wie man den Skaraótzki besiegen kann? Was gäbe ich dafür, mich zu erinnern!", dachte Danila verzweifelt. Da erblickte er einen kleinen Hasen, der zwischen den Bäumen hüpfte. „Wenn du es schaffst, meinen kleinsten Sohn bei einem Wettlauf zu besiegen, kannst du es mit mir aufnehmen, vorher brauchen wir es gar nicht zu versuchen!", schlug Danila dem Oberteufel vor und zeigte auf den Hasen. Sofort lief dieser los, aber wie Hasen nun mal so sind, lief der Kleine einen Zickzacklauf durch den Wald und versteckte sich in einem Hasenbau. Der Teufel stieß sich bei der Verfolgung heftig an den Bäumen, stolperte über die Löcher des Hasenbaus und kam außer Atem und mit lauter Beulen bedeckt enttäuscht zu Danila zurück. „Wenn der Sohn schon so schnell und geschickt ist, wie ist dann erst dieses Mannsbild?", fragte sich Skaraótzki. Doch bevor er noch länger nachdenken konnte, stellte ihm Danila die nächste Aufgabe: „Du armer Teufel, beantworte mir nun diese Frage und du kannst die nächste Aufgabe stellen: Was ist drei und lässt sich gut brauchen?“ Danila hatte sich nämlich daran erinnert, dass der Teufel recht dumm war und dass dies der einzige Weg wäre, ihn zu besiegen.

Der Teufel grübelte und grübelte, aber ihm fiel die Antwort nicht ein. Er dachte auch nicht daran, Danila zu fragen, ob er eine Antwort wisse; hätte er das getan, wäre er hinter Danilas List gekommen. Dieser hatte nämlich keinen blassen Schimmer, wovon er sprach!

Als Skaraótzki gestand, dass er die Frage nicht beantworten konnte, stellte ihm Danila die letzte Aufgabe: „Du dummer Teufel! So will ich dich nun auf die letzte Probe stellen. Wenn du es schaffst, das Gerüst für meinen neuen Palast mit einem Streich zu zerstören, dann lasse ich euch in Ruhe, und der Sack mit dem Gold gehört euch!“ Er entsann sich nämlich, dass seine liebe Mutter immer zu ihm sagte: „Danila, du meidest die Arbeit wie der Teufel das Kreuz!“

Sobald Skaraótzki das Gerüst, nämlich das Kreuz, berührte, wurde er von einem unsäglichen Schmerz erfasst und rannte davon. Danila sprang aber rechtzeitig auf seinen Rücken, hielt den Sack mit den Golddukaten so fest er konnte und gab dem armen, dummen Teufel die Sporen, so dass dieser geradewegs in Danilas Dorf rannte.

Wie groß war dort das Aufsehen, als der Nichtsnutz, Pechvogel und Tolpatsch Danila auf Skaraótzki geritten kam und noch dazu einen Riesensack Gold dabeihatte.

Er sprang vom Teufel ab und begrüßte seine Familie!

Seither musste er nie wieder in die vorwurfsvollen Gesichter blicken, sondern lebte nur noch glücklich in den Tag hinein. Er musste sich nie wieder eine Arbeit suchen, wurde nie wieder von Bogdan zurechtgewiesen, und seine 16 Kinder mussten auch nie wieder Hunger leiden oder sich seinetwegen schämen.

Danila streckte und reckte sich, öffnete die Augen, und was war? Er lag unter einem Baum im Wald und hatte alles nur geträumt… So ein Pech!

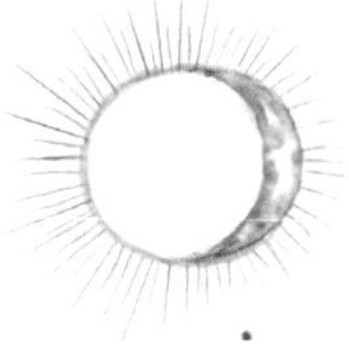

” *Auf meinen Wandlereien entlang der Donau begegnete ich nicht nur wunderbaren Wesen, erstaunlichen Legenden, köstlichen Speisen, sondern auch einer Vielzahl von Sprachen, Klängen und Geräuschen: alle einzigartig.*

Der große Strom diente früher oft als Abgrenzung zu den anderen Ländern und Fürstentümern. Heute ist die Donau wie ehemals ein Transportweg aber auch ein Band, das die vielfältigen Völker miteinander verbindet.

Es wüteten in dieser Region leider viele Kriege, heute wollen die Menschen den Frieden und achten einander trotz oder gerade wegen ihrer kulturellen Unterschieden und ihren verschiedenen Religionen. Die Gebetshäuser der katholischen, evangelischen, orthodoxen, islamischen und jüdischen Glaubensgemeinschaften zählen zu den Reichtümern an den Ufern des Europa durchquerenden Stromes.

Mein lieber Freund Suro weiß nicht nur um die Legenden der Entstehung der Donau, er kennt sich auch mit dem Donaudelta, der Mündung der Donau ins Schwarze Meer, bestens aus.

Er kann genau sagen, wie viele Pfanzen und Tierarten dort heimisch sind, kann die unzähligen kleinen, im Fluss schwimmenden Inseln mit Namen benennen und hat auch zu den drei Hauptarmen der Donau, die gierig nach dem salzigen Meer „greifen“ die passenden Geschichten parat. Ich höre ihm so gerne zu: „Bevor die Donau dieses gewaltige Dreieck macht, streift sie für kurze Wegstrecken die Ukraine und Moldawien. Die Menschen in diesen Ländern und auch jene in Bulgarien beschlossen zusammenzuarbeiten, über alle Grenzen und Hindernisse hinweg, um gemeinsam den Erhalt dieses Europäischen Urwaldes zu sichern...“ “

RAMONA TARKA

Die drei Brüder

Es waren einmal drei Brüder, die lebten in einem Dorf in der Nähe des großen Flusses. Die beiden älteren Brüder hatten das Sagen im Haus, sie bestimmten, wann man das Holz aus dem Wald bringen sollte und wann die Erntezeit kam und sogar, was gekocht und gegessen wurde. Und das war gut so, denn der jüngste der Brüder machte die gewöhnlichsten Sachen auf seine ganz eigene Art: Sahen zum Beispiel die älteren Brüder ein schönes Mädchen auf der Dorfstraße gehen, so begannen sie mit lauter Stimme über die Weite ihres Grundstücks zu sprechen, über die Anzahl der Baumstämme, die sie mit einem Arm heben konnten oder über das viele Geld, das sie nach der Ernte sicher verdienen würden. Der jüngste der Brüder wurde aber bei einer solchen Gelegenheit rot, er musterte seine Füße und brachte kein einziges Wort zustande. Kein Wunder also, dass sie den Jüngsten „Dümmling" nannten, und zwar schon so lange, dass kein Mensch sich noch an seinen richtigen Namen erinnerte.

In jenem Jahr hatten die Brüder Weizen gesät. Es dauerte aber nicht lange, bis sie entdeckten, dass jeden Morgen ein Teil ihrer Ernte fehlte.

„Ich werde auf dem Feld übernachten", sprach der älteste Bruder, „und ich werde mir den Schuldigen schnappen!" Gesagt, getan. Der Bursche ging abends hinaus aufs Feld, doch es dauerte nicht lange, bis er einschlief. Am nächsten Morgen war der Schaden noch größer, und diesmal ging der mittlere Bruder aufs Feld. Er schlief aber ebenfalls ein und konnte am Morgen lediglich feststellen, dass ein noch größerer Teil ihres Weizens fehlte. Am dritten Tag ging der Dümmling aufs Feld, und lange klang ihm noch in den Ohren das Gelächter der Brüder.

„Wenn wir es nicht geschafft haben, kann einer wie du gar nichts anstellen!", riefen sie und kugelten sich vor Lachen. Der kleine Bruder aber sammelte Dornen und legte sie alle um sich herum, so dass er immer wieder darauf fiel, wenn ihn der Schlaf übermannen wollte, und er gar nicht erst einschlief. So konnte er auch den Hengst sehen, der gegen Mitternacht plötzlich vor ihm stand und sich in aller Seelenruhe über ihren Weizen hermachte. Der Jüngling schlich sich behutsam an das Pferd heran, und ehe das Tier merken konnte, was ihm geschah, saß Dümmling schon auf seinem Rücken und spornte ihn an. Und weil das ein verzaubertes Pferd war, ritten sie einmal rund um die ganze Welt, bevor sie zurück aufs Weizenfeld kamen und stehenblieben. Und das Tier sprach: „Jetzt bin ich dein Pferd und du bist mein Herr. Wenn du mich brauchst, komm hierher und ruf mich. Ich werde bereit sein."

Dümmling ging danach heim, wo ihn seine Brüder erneut auslachten. Nicht einmal, dass ab jenem Tag kein einziger Weizenhalm mehr fehlte, gab den größeren Brüdern zu denken. Sie sagten sich, das sei nur ein Zufall.

Ob es ein Zufall war, dass am selben Tag auch der König kundtat, dass er einen Bräutigam für seine einzige Tochter suchte, weiß ich nicht mehr: Es steht aber fest, dass der König keinen Sohn hatte und dass er demjenigen seine Tochter und sein Königreich geben wollte, der es schaffte, mit seinem Pferd bis zum Fenster der Prinzessin zu springen und von deren Finger einen Ring abzustreifen. Der goldene Turm befand sich jedoch auf einem steilen Felsen über dem reißenden Fluss, und so musste der Jüngling, der sich das zutraute, wahrlich geschickt sein, wollte er nicht erbärmlich umkommen.

Sobald die beiden größeren Brüder das hörten, liehen sie sich Pferde aus und ritten los, denn sie wären halt gerne Prinzen gewesen. Als der Jüngste sagte, dass er mitgehen wollte, lachten sie ihn nur aus. Da ging Dümmling hinaus aufs Feld, rief einmal und das Pferd erschien im herrlichen Trab. Das war aber bei weitem nicht alles, denn im rechten Ohr des Tieres wartete auf den Jüngling ein prächtiges Gewand, wie er noch niemals eines erblickt hatte.

Das Pferd trabte los, und bald überholten sie seine zwei größeren Brüder und kamen in der Stadt an. Dort hatte sich eine große Menge Schaulustiger versammelt, denn erstens war der Preis, den der König versprochen hatte, riesengroß, und zweitens kann man einfach nicht fernbleiben, wenn es um Leben und Tod geht. Es hatten schon etliche Burschen ihr Glück versucht, als der Dümmling ankam. Manche hatten den Sprung überlebt, etliche waren für immer in den tosenden Wellen verschwunden und einem besonders unglücklichen konnten alle zusehen, wie er um sein Leben kämpfte, bevor seine Hände den Halt verloren und er in den Strom glitt. Aber keiner von ihnen hatte wenigstens die Mitte des Turmes erreicht, an dessen Fenster leuchtend schön die Prinzessin erstrahlte.

Dümmling ließ sich nicht einschüchtern, er spornte sein Pferd an, und ehe die Prinzessin wusste, wie ihr geschah, hatte er ihr schon einen Ring von ihrem königlichen Finger abgestreift. Sobald die Hufen des Pferdes jedoch die Erde berührten, blieb Dümmling nicht stehen, sondern legte in Windeseile den Weg in sein Dorf zurück.

Und als seine Brüder heimkamen, die eigentlich froh waren, dass sie ihren Mut doch nicht unter Beweis stellen mussten, hatte er den Ring schon längst vor ihren Augen versteckt. Die Brüder fanden gar keine Worte, um den fremden Ritter zu loben, der das Unmögliche geschafft und nun Anspruch auf Tochter und Königreich hatte und lachten laut auf, als Dümmling ihnen sagte, dass er der tüchtige Fremde war.

Der König war allerdings ungeduldig zu wissen, wer die Probe mit so viel Erfolg überstanden hatte, und ließ alle Männer zu ihm ins Schloss kommen, Junge und Alte, Gesunde und Kranke, sogar Krüppel und Greise. So stand nun die Prinzessin vor einer riesigen Menge und sollte das Gesicht des Mannes erkennen, das sie nur für einen winzigen Augenblick gesehen hatte. Und weil Verzweiflung bekanntlich erfinderisch macht, bedeckte die Prinzessin ihr Gesicht mit einem ihrer dichteren Schleier, bevor sie sich zeigte, und sprach: „Ein jeder von euch soll einen Stock nehmen und im

Sand unter seinen Füßen das zeichnen, was meinen blauen Augen am ähnlichsten sieht. Denn nur wer bis oben an meinem Fenster war, hat mein Gesicht aus der Nähe gesehen!“

Da bückten sich alle Männer und suchten nach einem Stock, um dem Befehl der Prinzessin zu folgen. Nur Dümmling stand weiter da und schien seine Brüder, die ihn hastig am Hosenbein zerrten, nicht zu beachten.

„Warum zeichnest du nicht?“, fragte ihn daraufhin die Prinzessin, die ihn als einzigen aufrecht stehen sah.

„Weil Sie, wunderschöne Prinzessin, gar keine blauen Augen haben. Ihre Augen sind grün wie das Meer bei heftigem Sturm, wenn der Wind die Wogen aufwirbelt“, sagte der Dümmling und alle erstarrten. Da ließ die Prinzessin ihren Schleier fallen, näherte sich dem Burschen und streckte ihre zierliche Hand aus. Dümmling sah ihr tief in die grünen Augen, nahm den Ring aus seinem Versteck und steckte ihn ihr an den Finger.

Sie feierten Hochzeit, erbten kurz darauf das Königreich und lebten glücklich bis an ihr Ende. Und der neue König wurde von keinem mehr Dümmling genannt.

GYÖRGY BUDA

Von der Kosakentochter Marussja

In einem Dorf lebte ein alter, armer Kosak mit seiner Tochter Marussja. Sie war die Schönste im ganzen Dorf. Viele umwarben sie, reiche, mächtige Männer und auch schöne junge Burschen, doch gab sie allen einen Korb.

Der Zar hatte viele Feinde, er zettelte mit einem Herrscher aus dem Osten einen Krieg an. Man wollte auch Marussjas alten Vater einberufen, und nur ein Sohn hätte ihn vertreten können.

Doch Marussja sagte: „Vater, ich gehe an Eurer statt!"

„Was sagst du da, Dummchen? Wie kann denn ein Mädchen beim Militär dienen! Ich gehe selbst! Tötet man mich, bin ich tot, bleibe ich am Leben, komme ich wieder!"

„Wieso, Vater, willst du gehen? Du bist ja schon alt. Verschaff' mir eine Kosakenuniform, ein Pferd und einen Säbel, du wirst schon sehen, dass niemand erkennt, dass ich ein Mädchen bin!"

Lange wollte der Vater sie nicht gehen lassen. Sie aber blieb beharrlich. Nichts zu machen! Der Vater besorgte ihr das Gewünschte mit Mühe und Not, und sie ritt ins Regiment, in den Krieg. Die schöne Marussja kämpfte tapfer wie die anderen, sie war aber gewandt, wo diese stark waren, und vorausschauend, wo sie nur ungestüm voranstürmten, ihre zarten Hände führten den Säbel flink, ihre Wangen röteten sich vor Eifer und ihre Augen blitzten unter der Kosakenmütze, dass den Feinden angst und bange wurde. Einem jungen Offizier, reich nur an guter Laune, mächtig nur, um erhaltene Befehle weiterzugeben, doch schön in seiner Jugend wie ein Mädchentraum, war die verkleidete Marussja aufgefallen. Er war sich sicher, hinter ihr Geheimnis gekommen zu sein. Sicherheit konnte er sich aber nur mit Hilfe seiner Tauben mit magischen Kräften verschaffen.

Als der Krieg zu Ende war, kehrte Marussja heim. Eines Abends legte sie sich zum Schlafen in den Obstgarten, wie immer im Sommer, und schlief ein. Um Mitternacht flogen die zwei Tauben heran, hoben sie samt dem Bett auf und trugen sie über das Meer zum jungen Offizier. Wahrhaftig, sie schlief und wusste von nichts. Als sie über dem Meer waren, wachte sie auf. Sie sah ringsherum nur Wasser, oben leuchteten die Sterne und der Mond! „Was geschieht mit mir?", dachte sie. Sie fragte die Tauben, und die erzählten ihr alles. Da streifte sie ihren Rubinring von der Hand, warf ihn ins Meer und sagte trotzig zu sich selbst: „Erst, wenn ich diesen Ring wieder sehe, werde ich zu meinem Entführer sprechen!"

Die Tauben brachten sie zum Offizier ins Haus. Dieser verliebte sich auf der Stelle in sie, und sie erinnerte sich an ihn vom Regiment und hatte ihn schon damals lieb gewonnen. Nach einer Woche heirateten sie. Marussja schwieg aber weiter. Sie erledigte alles schweigend, was ihr die Stiefmutter ihres Mannes auftrug.

Die Stiefmutter aber schickte sie eines Tages ins Jenseits. Käme Marussja nicht mehr zurück, hätte sie wieder die Oberherrschaft im Haus, und käme sie wieder, würde sie sicher von ihren Erlebnissen sprechen. Sie trug Marussja arglistig auf, von der verstorbenen Mutter ihres Stiefsohnes einen Beweis ihrer Anwesenheit im Jenseits zu erbitten.

Marussja weinte bitterlich, kannte sie doch keinen Weg ins Jenseits! Ihr Mann aber schickte ihr seine Tauben zu Hilfe, denen sollte sie getrost folgen, bei Tag den blauen, bei Nacht den weißen. So kam sie sicher ins Jenseits. Dort traf sie alsbald auf die verstorbene Mutter ihres Mannes, die sofort erkannte, warum man Marussja hergeschickt hatte.

„Gehen wir zu mir ins Haus!“, sagte sie.

Marussja folgte ihr. Da versperrte ihr ein dicker Zwerg den Weg, der war so breit wie hoch, und gekleidet war er in feinster chinesischer Seide. Neben ihm stand ein mächtiger Badezuber voller Goldklumpen, so viel, dass der Zuber überfloss und die Klumpen am Boden herumkugelten. Der Zwerg sprach zu ihr: „Arme Marussja, Tochter eines besitzlosen Vaters, Ehefrau eines schlecht besoldeten Offiziers, siehe, ich biete dir statt des Beweises deiner Anwesenheit hier diese Reichtümer, wenn du augenblicklich zurückkehrst.“ Marussja aber dachte bei sich: „Reichtum vergeht, doch zuvor verdirbt er selbst den besten Menschen.“ Und sie umrundete den Zwerg und ging der Mutter nach.

Da stellte sich ihr ein dröhnend lachender Riese in den Weg, der war so groß wie zwei große Männer und gekleidet war er in ausgesuchte sibirische Felle. In der Hand hielt er eine Krone, geschmiedet aus himmlischem Eisen, das in einem Meteorit auf die Erde gefallen war. Die Krone war von schlichtem Grau, doch überaus achtunggebietend. Der Riese sprach zu ihr: „Kleine Marussja, Tochter eines kranken Vaters, Ehefrau eines untergeordneten Offiziers, siehe, ich biete dir statt des Beweises deiner Anwesenheit hier diese Krone der irdischen Macht, wenn du augenblicklich zurückkehrst.“

Marussja aber dachte bei sich: „Macht muss täglich neu bewiesen werden, und das verdirbt selbst den besten Menschen.“ Und sie schlüpfte zwischen den Beinen des Riesen durch und ging der Mutter nach.

Da traf sie auf einen wunderschönen Jüngling mit traurigen Augen, der hatte gelocktes Haar und noch gar keinen Bart, und gekleidet war er nur in seine eigene Schönheit. Seine Hände waren leer, doch bei allen Heiligen der Kosaken, was waren das für Hände! Zart und weiß wie die Lilien im heimischen Garten, die Gliedmaßen von ebenmäßigem Wuchs und die ganze Gestalt war schlank und rank, wie ein hernieder gestiegener Erzengel. Der Jüngling sprach zu ihr: „Liebe Marussja, Tochter eines bedauernswerten Vaters, Ehefrau eines lebenslustigen Offiziers, siehe, ich biete dir statt des Beweises deiner Anwesenheit irdische Schönheit und ewige Jugend, wenn du augenblicklich zurückkehrst."

Marussja aber dachte bei sich: „Was brauche ich mehr Schönheit und ewige Jugend, wenn mein Mann mich so liebt wie ich bin und nach Jahren neben mir in Ehren ergrauen würde, und ich dann aussehe wie seine Enkelin." Und sie ließ den überraschten Jüngling stehen und ging der Mutter nach.

Die aber wandte sich ihr zu und sprach: „Marussja, du meine liebe Schwiegertochter, du hast alle Proben bestanden. Siehe, ich gebe dir den Beweis deiner Anwesenheit hier, um das dich die Stiefmutter meines Sohnes geschickt hat in der Hoffnung, du würdest bei uns umkommen." Damit griff sie in ihre Brust und nahm ihr Herz heraus, das gab sie Marussja in die Hand und sagte: „Nimm das zum Beweis dessen, dass du im Jenseits warst, und stelle es in den Ikonenwinkel. Es soll euch und eure Nachkommen beschützen. Nun geh in Frieden und sag deinem Mann einen lieben Gruß von seiner Mutter."

Marussja wurde von den Tauben heil nach Hause gebracht, und als sie das Herz in den Ikonenwinkel stellte, verwandelte es sich zu ihrem ins Meer geworfenen Ring, und nur sie sah, wie der Rubin pulsierte. Sie grüßte ihren Mann, als wäre nichts geschehen, und als die Stiefmutter sah, dass sie gesund wiedergekehrt war und hörte, dass sie sogar ihre Sprache wiedergefunden hatte, da ging sie wütend von dannen und wurde nie mehr gesehen.

Marussja aber hatte alle Hände voll zu tun in ihrem Haushalt voller Männer, denn auch ihr Vater war zu ihnen gezogen und er vertrug sich blendend mit dem jungen Offizier und dessen Vater, und bald gesellte sich noch ein ganz, ganz junger Mann zu ihnen, und sie tranken fröhlich um die Wette, wie echte Kosaken eben, nur konnte der ganz, ganz junge Mann den Kosakentanz noch nicht mittanzen.

GERALD SZYSZKOWITZ

Von der Frau, die nicht wusste, dass sie alt wird

Es war einmal ein Regentag in der alten Residenzstadt Brazlaw am Bug. Die Fassaden am großen Platz waren nass, alle Bäume am großen Platz waren nass, und auch rund um das „Hotel Kiew" war alles so nass, dass es aussah, als wäre der aufgewühlte Fluss an diesem grauen, kalten Novembertag über die Ufer getreten.

Hier herinnen aber, in der Beletage des „Kiew", war es trocken und warm. Es roch nach Gebratenem und Marillenschnaps, und eine geschnitzte Holzdecke und martialische Ölschinken an den dunklen Wänden erinnerten daran, dass in diesen Räumen hier an der Grenze schon bulgarische Eroberer, erfolgstrunkene Krimtartaren und mutige Türken ihre Siege gefeiert hatten.

Heute aber war hier nur ein allgemeines Summen zu hören – wie in der Oper, wenn vor der Aufführung die Instrumente gestimmt werden –, denn auch jetzt wurden hier, vor der geplanten Musikdarbietung, noch schnell die Geigen und Zimbeln gestimmt.

Die schönste, dunkelhaarige Musikerin lehnte mit dem Rücken an einem der Fenster, nahm ihre Geige von der Wange und fragte den weisen Mojsche Tscherteser, der neben ihr stand, was da zu machen sei – diese Frage ginge ihr schon lange durch den Kopf –, dass ein so alter und gebrechlicher Mann wie ihr Vater sich vor dem Spiegel jeden Morgen endlos lang rasiere und kämme, als würde er noch auf Brautschau gehen. Sei das normal, dass ein so alter Esel sich jeden Morgen so zurechtmache?

„Wie alt", fragte er, „bist du?"

„Siebenundvierzig."

Der Jubilar winkte seinem Enkel, der sich auch gerade, mit der Geige in der Hand, auf seinen Auftritt vorbereitete.

„Hör zu, mein Lieber", sagte Mojsche. „Schau dir diese Frau an und sag mir dann: Ist diese Frau eine junge oder eine alte Frau?"

„Wieso, Großvater, soll diese Dame eine junge Frau sein? Sie ist so alt wie meine Mutter, sicher schon über dreißig", sagte der Kleine.

Der weise Mojsche nickte und winkte den reichsten Händler der Stadt Brazlaw zu sich, der das Gespräch lächelnd mitangehört hatte, und sagte leise: „Darf ich dich was fragen?"

„Aber ja, bitte, alles..."

„Könntest du dir vorstellen, mein Lieber, diese Frau da an meiner Seite ... zu heiraten? Sie ist siebenundvierzig."

„Ist das ein Spiel", fragte der Händler und zupfte etwas verlegen an seinem Bart.

„Eine Art Spiel, ja."

„Na, gut, also... Dann sag ich das so... Sie ist schön, aber warum soll ich eine Frau heiraten, die ich weder kenne, noch liebe. Aber so viel kann ich doch sagen:

Die Frau, die ich heiraten werde, wenn ich überhaupt je heiraten werde, die dürfte keinesfalls älter sein als dreißig, ich will ja viele Kinder. Und die ,Masurka' fängt doch jetzt gleich an, oder?", sagte er noch und setzte sich dann schnell mit einem netten, entschuldigenden Lächeln in die erste Reihe.

„Ja, natürlich, gleich", antwortete der weise Mojsche.

Aber zu der schönen Geigerin mit den straff zurückgekämmten, schwarzen Haaren und den dunklen Augen, die neben ihm stand, sagte er leise: „Da siehst du, was Alter ist... Alter ist das, was jeder anders sieht. Du hast vorhin gesagt, dein Vater sei ein alter Esel, doch so lange er sich die Haare aus der Stirn streicht, bevor er ins Städtl geht, weil er noch nicht weiß, wem er begegnen wird, so lange ist er nicht alt. Jeder Mensch darf sich vor dem Spiegel zurechtmachen, so lange er will. Denn jeder bestimmt sein Alter selbst, und du solltest auch deinen Vater, gerade wenn er schon mit dem Stock geht, nicht einen alten Mann nennen, wenn er sich selber nicht so sieht. Denn eines Tages – und dieser Tag hat für dich, wie ich an den kleinen weißen Haaren an deiner rechten Schläfe sehe, heute schon begonnen –, eines Tages wirst du es auch nicht gerne hören, wenn man dich eine alte Frau nennt."

Die Geigerin sah ihn nicht an und antwortete auch nicht gleich, dann aber sagte sie mit einem sehr nachdenklichen Gesicht: „Ich werde meinem Vater von dir erzählen. Wie lange ich dich schon kenne. Und dass ich trotzdem immer wieder Neues von dir lerne. Und dann werde ich ihm sagen: Normalerweise erzählen Väter ihren Kindern Märchen, heute aber ist es umgekehrt, und dann erzähle ich ihm dieses Märchen – von der Frau, die kurz vergessen hatte, dass auch sie..."

ANDRÉ HELLER

Vom Lohn der Welt

Vom Lohn der Welt

Ich will euch eine Geschichte erzählen, die andere ein Märchen nennen würden. Ich allerdings halte sie für wahr.

Ein Bauer ging an einem heißen Julitag in den Wald, um Holz für den Wintervorrat zu fällen. Als er drei Stunden hart gearbeitet hatte und seine Kleidung durch und durch nass vor Schweiß war, setzte er sich auf einen großen Stein um auszuruhen, aus einer Schnabelkanne Milch zu trinken und etwas Brot mit Ziegenkäse zu essen, das ihm seine Frau in ein blaues Schnäuztuch gewickelt auf den Weg mitgegeben hatte. Danach schloss er die Augen, um sich ganz den einschläfernden Geräuschen der Natur hinzugeben. Plötzlich hörte er eine hohe Stimme von tief unter seinem Allerwertesten rufen: „Fremder, ich brauche deine Hilfe! Erbarme dich meiner und schiebe den schweren Stein zur Seite, der das Tor zu meinem Verlies ist, das mir Tag und Nacht völlige einsame Dunkelheit beschert."

Der Bauer erschrak und dachte, dass ihm ein Milchrausch den Sinn verwirrte. Aber dann fiel ihm ein, dass es Milchräusche gar nicht gab. „Wer bist du, Stimme?", fragte er. „Ich bin ein armseliges Wesen, das in der Falle des Unglücks steckt und wenn du mich befreist, will ich es dir unvergesslich lohnen, so wie die Welt zu lohnen pflegt." Der Bauer erhob sich und rollte mit seinen kräftigen Händen den Stein, auf dem er geruht hatte, zur Seite, und wie ein Springteufel schnellte eine funkelnde Schlange empor und tänzelte vor seinem erschrockenen Gesicht. „Du hast mich befreit!", sagte die Furchterregende. „Ich danke dir, und nun werde ich es dir lohnen, wie es die Welt zu lohnen pflegt."

„Was ist mein Lohn?", fragte der Bauer neugierig. „Ich werde dich mit meinem Gift töten", antwortete die Schlange. „Du vermaledeite Betrügerin!", schrie der Bauer. „Ich habe Mitleid mit dir bewiesen und dich aus deinem Elend befreit, und jetzt soll dein miserabler Dank mein Abschied vom Leben sein?"

„Gewiss, ich habe dir ja Lohn versprochen wie die Welt zu lohnen pflegt, und jeder weiß, dass Undank der Welt Lohn ist."

„Nicht immer!", schrie der Bauer. „Es gibt schlechte, aber auch gute Stunden. Lass uns einen klugen Schiedsrichter finden, dem wir unseren Fall vortragen. Er mag entscheiden, ob du mich töten darfst oder mich freundlicher belohnen solltest." Die Schlange, ihrer Sache sicher, stimmte diesem Vorschlag zu, und keine fünf Minuten entfernt, auf einer Lichtung, fanden sie einen alten, von Elend gezeichneten Gaul.

Seine Augen waren stumpf, das Fell räudig, auf einem Fuß lahmte er und er schwächelte bereits derart, dass er die schwirrenden Stechbremsen, die fast seinen ganzen Körper bedeckten, nicht mehr verscheuchen konnte. „Sei gegrüßt, edler Hengst!", schmeichelte ihm die Schlange. „Dürften wir dir einen Streitfall vortragen, in dem wir dich zum Schiedsrichter bestimmen wollen?"

„Tut wie Euch beliebt, mir ist jede Ablenkung willkommen." Nun legten die beiden ihren Zwist in aller Genauigkeit dar. Der Gaul schwieg aufmerksam und schwieg auch noch eine Weile, als sie mit dem Erzählen längst geendigt hatten. Dann sagte er seufzend: „Eindeutig hat die Schlange recht. Denn es stimmt, dass die Welt so lohnt. Ich war einmal geschmeidig und schön, und mein Herr war auf mich stolz und gewann, wenn er mich ritt, fast jedes Wettgaloppieren. Ich wurde mit dem besten Hafer verwöhnt und duftendem Heu, und im Sommer spannten die Knechte meines Herren ein feinmaschiges Netz um meinen Leib, um ihn vor den tollwütigen Bremsen zu schützen. Aber jetzt, da ich alt und nutzlos bin, jagte man mich hinaus auf diese Lichtung, wo ich den Launen des Zufalls überlassen bin. Einer baldigen Nacht wird der Wolf kommen und mich in Stücke reißen. Ja, es ist wahr, Undank ist der Lohn der Welt!"

„Hast du vernommen, Bauer, wie der Gaul entschieden hat?", fragte die Schlange und schnellte einmal mehr funkelnd empor. Der Bauer, der in der Fantasie schon sein Totenglöcklein läuten hörte, hob ein Wehklagen an, heulte Rotz und Tränen und flehte, dass noch ein zweiter Richter bestimmt werde. Die Schlange, aus Gründen, die ich nicht kenne, vielleicht weil sie einen Funken Güte besaß oder weil sie die Qualen des Bauern verlängern wollte, stimmte auch diesem Vorschlag zu.

So gingen sie weiter über die Lichtung und wieder in den Wald mit seinem Blätterrauschen, als ein Fuchs ihren Weg querte. „Halt ein, Freund, und hör uns an!", riefen sie dem Fuchs zu und berichteten ihm, was sich zugetragen und auch was der Gaul entschieden hatte. Der Fuchs zwinkerte dem Bauern zu und sagte ihm verschwörerisch ins Ohr: „Ich will dir aus der Patsche helfen, aber dafür musst du mir all deine Hühner geben."

„Wenn es sonst nichts ist, du sollst sie haben und meine fetteste Gans dazu", antwortete der Bauer ebenso leise und schöpfte Hoffnung, noch einige Jahre die Regenwolken am Himmel sehen zu können und den Duft des Thymians und Eisenkrautes zu riechen und am Dorffest zu den Klängen der unbändigen Musikanten zu tanzen. Nun sagte der Fuchs mit strenger Miene: „Meine Herrschaften, dies ist eine ernste Sache und wahrlich nicht leicht zu beurteilen, es geht ja immerhin um Leben und Tod. Der Streit kann meiner Meinung nach nur an dem Platz entschieden werden, an dem er entstanden ist. Begeben wir uns also dort hin." Nun machten sich alle drei auf den Weg bis sie die Stelle erreichten, wo der große Stein neben der Grube lag. „Man muss den schwierigen Fall noch einmal von Anfang an aufs Genaueste rekonstruieren. Du, Schlange, kriech wieder in die Grube, und du, Bauer, setz dich wieder auf den Stein." Die beiden taten, was der Fuchs angeordnet hatte, und als die Schlange sich in der Grube ringelte, flüsterte der Fuchs dem Bauern zu: „Schnell, zögere nicht, wälze den Stein darauf!“ Nun war die übertölpelte Schlange wieder in Finsternis gefangen, und der Bauer suchte mit dem Fuchs das Weite. „Adieu, morgen Früh komme ich und hole mir die Hühner!“, rief der Fuchs noch. Dann trennten sie sich.

Als der Bauer endlich wieder zuhause ankam, erzählte er das Vorgefallene seiner Frau. Er lobte den hilfreichen und schlauen Fuchs, erwähnte auch, dass dieser im Morgengrauen kommen würde, die versprochenen Hühner zu holen, aber die Draufgabe der fetten Gans verschwieg er. Die Bäuerin freute sich zwar einigermaßen, dass ihr Mann mit dem Leben davongekommen war, um die Hühner jedoch tat es ihr heftig leid. Am nächsten Morgen trat sie, noch vor Sonnenaufgang, ans offene Küchenfenster, das einen Blick auf das bis zum Horizont wogende Weizenfeld vor dem Hof bot und wartete auf den Fuchs. Als der wohlgelaunt erschien, weckte sie ihren Mann: „Du, da treibt sich vor dem Haus ein frecher Fuchs herum!“ Der Bauer antwortete: „Das wird wohl der sein, der mich gerettet hat. Er holt sich den versprochenen Lohn.“

„Da wäre ich doch mit beschämender Blödheit geschlagen, wenn ich dem Fuchs meine prachtvollen Hühner opferte! Schnell, hol die Flinte und mach‘ seinem Leben ein Ende! Das Fell kannst du dem Pelzhändler verkaufen, damit es bald einer leibhaftigen Gräfin als Kragen ihres Wintermantels dienen kann.“ Der Bauer, der den Zorn seines Weibes fürchtete, nahm gehorsam die doppelläufige Flinte und zielte auf seinen Retter. Als der Schuss gellte, bäumte sich der Fuchs maßlos erstaunt auf und rief: „Wahrlich, so lohnt die Welt!“, und dann war er mausetot.

DARIA BIEZUNSKI-VITÁSEK

Die Algenspinnerin

In der Zeit, als noch die mächtigen olympischen Götter Zeus, Hera, Athene, Apollo, Poseidon und ihre zahlreichen Verwandten über die Geschicke der Menschheit ihre schützenden, manchmal auch mitleidlosen Hände hielten, passierte es des Öfteren, dass sich die Unsterblichen in die Leben der Sterblichen einmischten.

So war Poseidon, der Bruder des Göttervaters Zeus, gerade unterwegs in der Gegend der Donau, die damals Istros hieß. An der Mündung des Istros, wir sagen heute Donaudelta, erblickte Poseidon eine wunderschöne Fischerstochter. Der Gott des Meeres verliebte sich auf der Stelle in die schöne Maid und war sofort bereit, sie zu heiraten.

Die Fischerstochter kannte jedoch die Liebesgeschichten der Götter, ihre Mutter erzählte sie ihr jeden Abend. Sie wusste um Europa, die von Zeus in der Gestalt eines Stiers im Liebeswahn entführt und bis nach Kreta verschleppt worden war. Sie kannte auch das Schicksal von Io, die als Kuh von einer Bremse gejagt bis nach Ägypten gelangte. Als ihr also Poseidon seine Liebe offenbarte, flüchtete das verängstigte Mädchen in die Arme der Mutter und bat sie um Schutz vor dem mächtigen Gott.

Dieser kränkte sich so sehr, dass er sie verfluchte: Sie sollte für immer am Donaudelta die Algen spinnen. Je wütender der Meeresgott war, desto stürmischer das Wasser des Schwarzen Meeres, desto mehr Algen für die kleine Algenspinnerin.

Sie sitzt noch heute da und webt die toten Meerespflanzen zu einem im Mondschein schimmernden Netz. Nur die Sterne und der Mond schauen ihr zu und haben Mitleid. Poseidon hat sie längst vergessen.

Sehnsuchtsvoll blickt sie zum Horizont. Auf der anderen Seite des Schwarzen Meeres ist die Türkei. Vielleicht wäre sie dort, wenn sie dem Liebesdrängen Poseidons nachgegeben hätte...

MÄRCHEN, MYTHEN UND LEGENDEN
IM FLUSS DER DONAU

Ich möchte euch nun bekannt machen mit den Wandlern, die meine Geschichten von der Donau **"** *in geschriebene Worte und gezeichnete Bilder verwandelt haben, denn ich bin Erzähler, und das Schreiben und Zeichnen ist meine Sache nicht.*

Zum Geschlecht der Sprachwandler zählen György Buda, Goran Novaković und Ramona Tarka. Sie wandeln von einer Sprache in die andere: ins Ungarische, Serbische oder Rumänische, und sie verwandeln auch die einfachsten Worte in phantastische Geschichten. Eine Meisterin der Wortwandler ist Christine Nöstlinger! Seit einer Ewigkeit verzaubert sie Kinder rund um die Welt mit ihren Geschichten.

Die Bühnenwandler Gerald Szyszkowitz, Daria Biezunski-Vitásek und Petra Torky verwandeln ihre Ideen in bewegte Bilder für das Theater. Mercedes Echerer, Menschenschauwandlerin, verwandelt sich in Personen, die in den Theatergeschichten leben. Heli Deinboek, Wandler zwischen Worten und Tönen, verwebt gekonnt beides zu einem Kunstwerk.

Der Weltenwandler, Ideenwandler, Musikwandler, Bilder- und Geschichtenwandler André Heller ist der Kunstwandler per se.

Die Wandlerin der Farben, Stifte und Pinsel Susanne Schmögner zauberte mit wenigen Strichen meine ganze Welt der Donaumärchen auf Papier.

Die Stimmenwandler Joachim „Blacky" Fuchsberger, Mercedes Echerer und André Heller erweckten meine Erzählungen zum Leben, so kann man sie immer und überall hören, nicht nur beim Sommernachtsfeuerfest, was – wie ja jetzt alle wissen – sehr, sehr selten statt findet.

Das Trio Folksmilch, Wandler zwischen Tönen, Klängen, Geplätscher, Wogen, Sturm und Flügelschlägen, hat mit seinen Instrumenten die Geräusche der Donau eingefangen.

Die Sprachwandlerinnen Mária Smoláriková und Ramona Tarka haben meine Erzählungen ins Rumänische und Slowakische gewandelt.

Ihnen allen gebührt meine vorzüglichste Hochachtung und innigster Dank!

Liebe Leser, liebe Leserinnen, nun verabschiede ich mich und freue mich auf das nächste Mal, wenn ich wieder der Märchenerzähler sein darf. **"**

Erfewalu, der Wandler

Wir danken den Kulturinstituten für die wunderbare Zusammenarbeit:

RUMÄNISCHES KULTURINSTITUT WIEN

Slovenský Inštitút
Slowakisches Institut

LIC
Literárne Informačné Centrum

Wir danken unseren Hauptsponsoren für ihre großzügige Förderung:

ERSTE BANK
*Mehr*WERT Sponsoring

POWERED BY
WIENER STÄDTISCHE
VERSICHERUNGSVEREIN

VIG
VIENNA INSURANCE GROUP

Wir danken unseren Förderern für ihre freundliche Unterstützung:

bm:uk

= Bundesministerium für europäische und internationale Angelegenheiten

KULTUR NIEDERÖSTERREICH

KULTUR LAND OBERÖSTERREICH

Und ein besonders herzliches Dankeschön an Mag. Carmen Bendovski, Werner Brunner, Till Firit, Daniela Humajova, Kai Jelinek, Thomas Kloyber, Dr. Gabriel Kohn, Thomas Mauerhofer, Mag. Alexandru Nebejea, Rudi Ortner, Viera Polakovičová, Andrea Pitonáková, Dr. Siegfried Reinecke, Werner Rotter, Mária Smoláriková, Miriam Strobach, Bettina Wertheim und Ramona Tarka, die unsere Arbeit mit ihrer Kompetenz tatkräftig unterstützt haben.